KB217091

# 편지로 읽는 슬픔과 기쁨

■ 이 도서의 국립중앙도서관 출판시도서목록(CIP)은
e-CIP 홈페이지(http://www.nl.go.kr/ecip)에서 이용하실 수 있습니다.
(CIP제어번호: CIP2011000547)

# 편지로 읽는 슬픔과 기쁨

예술가의 육필 편지 49편
노천명 시인에서 백남준 아티스트까지

강인숙

마음산책

강인숙

건국대학교 명예교수이자 영인문학관 관장. 1933년 함경남도 갑산에서 태어났다. 서울대학교 국문과를 졸업하고 숙명여자대학교 국문과에서 박사학위를 받았다. 1965년 〈현대문학〉을 통해 평론가로 등단했다. 건국대학교 교수와 문학평론가로 활동했다.
저서로 평론집 『일본 모더니즘 소설 연구』『박완서 소설에 나타난 도시와 모성』『자연주의 문학론 1·2』, 수필집 『어느 고양이의 꿈』『아버지와의 만남』『생과 만나는 저녁과 아침』『거울의 해시계』 등이 있다. 옮긴 책으로 콘스탄틴 버질 게오르규의 『25시』『키랄레사의 학살』과 에밀 아자르의 『가면의 생』 등이 있다.

편지로 읽는 슬픔과 기쁨

1판 1쇄 발행 2011년 2월 25일
1판 3쇄 발행 2011년 3월 25일

지은이 | 강인숙
펴낸이 | 정은숙
펴낸곳 | 마음산책

편집 | 심재경 · 배윤영 · 강윤정 디자인 | 이단비 · 정은화
마케팅 | 권혁준 · 이연실 경영지원 | 박해령

등록 | 2000년 7월 28일(제13-653호)
주소 | 서울시 마포구 서교동 395-114 (우 121-840)
전화 | 대표 362-1452 편집 362-1451 팩스 | 362-1455
홈페이지 | http://www.maumsan.com
전자우편 | maum@maumsan.com

ISBN 978-89-6090-093-6 03810

* 책값은 뒤표지에 있습니다.

편지는 수신자 혼자서만 읽는
호사스런 문학이다.
그것은 혼자서 듣는
오케스트라의 공연과 같다.

# 예술가의 내면세계가 담긴 귀중한 글들

문인들이 육필로 쓴 글에는 작가의 몸 내음이 스며 있다. 사람들이 육필 글들을 소중히 여기는 이유가 거기에 있다. 하지만 똑같이 육필로 썼다 하더라도, 소설이나 시 원고와 편지는 엄청난 차이를 가지고 있다. 육필 원고는 어디까지나 작품이다. 뺄 것은 빼고 보탤 것은 보태는 과정을 겪고 완성된 작품은 흙이 아니라 꽃이어서, 뿌리가 디디고 선 물렁물렁한 토양의 질감, 그 적나라한 작가의 내면을 그대로 보여줄 수가 없다.

편지는 그것을 보여준다. 편지는 1인칭으로 쓰인 작가의 육성이고, 내면의 소리의 직역본直譯本이다. 거기에서는 작가의 내밀한 세계가 분장 없이 노출된다. 편지는 개인의 내면 가장 깊숙한 곳의 풍경을 보여주는 내시경이다.

그뿐만 아니다. 편지에는 수신인이 지정되어 있다. 고백체의 소설과 편지를 가르는 변별 특징은 수신인의 개별성이다. 자신의 내면을 가장 잘 이해할 친숙한 사람에게 열어 보여주는 양식樣式. 그래서 내면성을 중시하던 낭만주의자들은 소설 속에 편지를 삽입했고, 더러는 편지 형식으로 소설을 쓰기도 했다.

문인들의 편지에서 우리는 쓴 사람을 가늠할 많은 자료를 얻을 수 있을뿐 아니라 수신인과의 관계도 헤아릴 수 있다. 예술가들의 미묘한 내면세계와, 그것을 알아주는 사람과의 교감의 양식도 드러나 있기 때문이다. 그래서 편지에는 작가의 예술 세계를 밝혀낼 수 있는 실마리가 들어 있다. 모든 나라의 문학관에서 편지를 소중한 자료로 모셔두는 이유가 거기에 있다.

문인들의 편지를 책으로 낼 생각을 하게 된 것은 최정희 선생님 때문이다. 그분의 편지 자료가 너무나 방대하고 희귀한 자료가 많아서, 여러 사람에게 보여주고 싶다는 생각을 했다. 그러다가 출판사의 제의를 계기로 더 많은 사람들의 편지를 소개하게 되었다. 몸이 불편한 때였는데도 즐겁게 출판사의 제의에 응한 것은, 문인들의 편지를 통하여 독자들이 작가의 내면 풍경을 만나고, 그것이 문학을 이해하는 데 깊이를 더해주리라는 믿음 때문이다.

문인들의 편지는 구하기가 아주 어렵다. 두 차례의 전쟁을 겪는 과정에서 대부분의 편지가 유실되었다. 남아 있는 편지도 농밀한 내용을 담은 사랑 편지나 사생활이 지나치게 노출되는 것은 수신인들이 내놓지 않는다. 그래서 문인의 육필 편지는 희소가치를 지닌다. 월남하지 못한 북의 문인들의 것은 더 귀해서 부가가치까지 생길 지경이다.

최정희 선생님 같은 분이 피난을 가면서 편지 보따리를 들고 다니는 그 힘든 일을 감내했기 때문에, 우리는 이 책에 북의 시인 이용악의 편지를 넣을 수 있었다. 신생아의 기저귓감을 구할 수 없던 일제 말기를 그린 희귀한 편지다. 문인들에게서 받은 편지를 간수하고 있다가 삶의 마지막 시간을 그것을 정리하는 데 쓴 김영태 선생님 같은 분이 계셔서, 우리는 여기에서 많은 문인의 편지를 읽는 기쁨을 누릴 수 있게 됐다.

편지를 기증해주신 모든 분들께 깊은 감사를 드린다. 사사로운 편지를 기증하는 것은 용기를 필요로 하는 일이기 때문이다.

여기 나오는 편지에는 공적인 용무를 적은 것은 거의 없다. 저서를 받고 쓴 답장이거나 자신의 내면을 열어 보이는 내밀한 편지 등이 주종을 이룬다. 전자는 문인들의 친분관계를 가늠하는 자료가 된다. 하지만 후자가 더 큰 비중을 차지한다. 예술가의 내면이 드러나 있기 때문이다.

이 책에는 편지마다 필자의 「편지를 말하다」라는 글이 첨부되어 있다. 해설이라기에는 일관성이 없고 감상문이라고 하기에도 적합하지 않은 글이지만, 방향은 분명하다. 작가를 알리고 그가 살던 시대를 젊은 독자들이 헤아리게 하는 데 도움을 주려는 것이다.

발자크가 연인인 한스카 부인에게 쓴 편지에서, 저명한 문인의 글을 혼자 독점하는 편지가 얼마나 큰 호사豪奢인가를 언급했다는 말을 들은 일이 있다. 편지는 수신인이 혼자서만 읽는 호사스런 문학이다. 그것은 혼자서 듣는 오케스트라의 공연과 같다. 이 책의 독자들도 모두 수신인이 된 기분으로, 그런 호사를 누려보기를 권하고 싶다.

마지막으로 책이 나올 때까지 수고하신 〈마음산책〉 여러분에게 감사를 드리고, 자료를 정리해준 신승자, 이혜경 님에게도 고마운 마음을 전한다.

2011년 2월

강인숙

## 생은 깊고 뜨겁고 목이 멘다

## 애비 편지 왔니?



## 당신의 따뜻한 우정 고마웠오

## 한갓 수사가 아닌 진정인 것

## 오래 적조하였습니다

■ 일러두기

1. 편지는 가능한 한 원문 그대로 실었으나, 가독성을 해치는 몇몇 경우에는 독자의 이해를 돕기 위해 지금의 한글 맞춤법을 따랐다.
2. 외국어로 된 편지는 저자가 우리말로 옮겼다. 단, 조각가 파올로 디 카푸아가 부인 정완규에게 보낸 편지(41쪽)는 정완규가 옮겼다.
3. 잡지와 신문, 그림, 영화, 전시의 제목은 〈 〉로 묶었고, 단편과 시 제목은 「 」로, 단행본과 장편 제목은 『 』로 묶었다.
4. 주는 이 책의 저자와 편집자가 덧붙인 것으로, 해당 페이지 하단에 맞추어 표기하였다.

# 생은 깊고 뜨겁고 목이 멘다

# 혼자 있을 때
# 문득 다가오는 사람아

화가 김병종이
소설가 정미경에게

날이 차오.

혹 쌩떽스*의 글을 생각해본 적 있소? 우리를 무참히 죽여가는 것은 암울한 계절의 어두운 강에 다리가 없다는 사실이라고 말했던 사람. 그 다리의 이름은 휴머니즘이라고. 소등한 밤에 마지막 문을 닫고, 내 구두 소리가 내는 소리를 들으며 낭하를 걸어나갈 때 춥고 검은 우수를 한 번씩은 경험하곤 하오.

가을날에 비하면 겨울은 아무리 순해도, 내면에 아문 상처의 잇자국을 남길 수 있는 계절인 것 같으오. 실기실 한쪽의 멋없는 창으로는, 마른 나무들이 저희들끼리, 어둠이 내릴 길목을 향하여 서 있는 풍경이 보이오.

밤이 되어 설렁한 냉기가 휘감아오면 두 사람의 얼굴이 떠오르곤 하오.

한 사람은 나의 형이오. 나이가 들게 되면서 문득 그를 생각하는 날이 더 많아지곤 하오. "젊은 날, 사람은 풍경보다도 인물에 집착한다." 이런 말이 있지만, 젊기도 전 어릴 때는 별로 그를 생각해보지 않았던 것 같으오. 그러나 웬일인지 이제는 많이 알고 있는 자도, 좋은 미모를 가진 자도, 부를 지닌 자도 그저 부질없을 뿐이라는 생각이고, 그들이 나의 외로움을 가시게 할 수는 없다는 생각이 들곤 하는

* 생텍쥐페리의 애칭

**김병종**

1953년 전북 남원 출생. 서울대학교 미술대학 동양화과와 같은 대학원을 졸업하고 성균관대학교에서 동양철학 박사과정을 마쳤다. 대학 시절 〈동아일보〉 〈중앙일보〉 신춘문예에 당선되었으며 대한민국문학상을 받기도 했다. 서울대학교 미술대학 학장, 서울대학교 미술관장 등을 역임했으며, 현재 서울대학교 미술대학 교수로 재직 중이다.

것이오.

그는 많이 알지도 부자도 아니지만 드물게 크고 따뜻한 가슴을 가진 사람이라는 것 때문에 나는 이생에 그와 인연이 맺어진 것을 큰 다행으로 알고 있소. 하지만 이 나의 감정은 존경인지 애정인지 아니면 서러운 연민 같은 것인지 모호하오.

다른 한 사람은, 어떤 여자요. 그는 지금 늘 친숙하던 영등포의 조그마한 아파트가 아닌 보다 따뜻할 남쪽에 가 있소.

학부 때 끄적였던, 「만도」라는 이름의 되지 못한 글줄이 생각나오? 거기 첫머리에 등장했던 안 모라는 철학과 사람도? 그 사람에게서 '검열' 도장이 몇 개씩 찍힌 편지가 왔소. 모종의 유인물과 집회 사건으로 상당 기간 동안 영어囹圄의 몸이 되고 있다는 것, 지금 재판을 기다리며 수감 중이라는 것, 그리고 갇혀 있는 동안 자주 '형'을 생각했다는 것, "(…) 형을 만나 함께 웃고 우리 집에 가서 저녁식사라도 한번 하려는 상상으로 (…)" 그래도 좀 힘을 내며 고통을 이겨보려 한다는 것, 가급적 답장은 하지 말라는 것……. 1년여 동안 전혀 소식 없던 사람이 내내 나를 생각하고 있었노라는 얘기는 새삼 나를 놀라고 울적하게 하였소.

선병질적인 마스크며, 폐허를 느끼게 했던 미간, 몹시도 지친 눈, 목덜미가 까맣던 와이셔츠, 그리고 니체 한 권이던가……. 그에 관한 기억의 전부요.

**정미경**

1960년 경남 마산 출생. 이화여자대학교 영문과를 졸업했다. 1987년 〈중앙일보〉 신춘문예 희곡 부문, 2001년 〈세계의문학〉 신춘문예 소설 부문에 당선되어 작품 활동을 시작했다. 오늘의 작가상, 이상문학상을 수상했다. 저서로 『나의 피투성이 연인』 『내 아들의 연인』 『아프리카의 별』 등이 있다.

며칠 전 비가 추적추적 내렸소. 버스 정류장의 불빛과 추위를 몇 개씩 지나쳐 오면서 문득 차창으로 아는 얼굴 하나가 지나가는 것을 보았소. 야릇한 전율 같은 것이 소름을 돋게 하였소. 모든 것이, 삶이, 결국엔 저 아는 얼굴을 무심히 지나쳐 가는 일회적 우연에 불과한 것이 아닐까 하는 못된 생각 때문이었소. 밖에 비가 오는 날 따뜻한 램프가 켜 있는 실내에서 차라도 마시고 있었다면 생각은 정반대였을지도 모르지.

내가 한때 집착하고 그리워했던 것은 초생달처럼 싸늘한 지성이었던 것 같으오. 그러나 그것의 생명력 없음을 알고 난 뒤에는 차라리 더운 관능이거나 눈 어둡고 뜨거운 감성이 더 삶의 자체와 가까이 있는 것이라고 생각하기로 했소.

그러나 나는 다시 틀렸던 것 같으오. 그러면 무엇이? 모르겠소. 도대체 이 세상에 무엇이 옳고, 무엇이 그른 것인지……. 오직 가장 확실한 것은 사랑 또는 미움이라는 감정이 아닐지.

미경이 서울을 떠난 후 나는 다시 옛날로 돌아가 몹시 무뚝뚝하오.

밤이 되고 설렁할 때, 혼자 있을 때, 문득 다가오는 사람. 가만 생각해보니, 어두운 강에 다리를 지녔음직한 내 육친은 사실은 오랜만에 한 번씩 떠오르는 셈인 것 같으오. 영등포로부터 남쪽으로 자리를 비켜 앉은 그 여인네에 비하면.

한결 어질고 어리석은
내 고집을 떠나 이제
너와 나의 한평생 경영을
마른 갈기 날리는
여울목 구름밭이던가

한동안 나의 안팎은
무슨 누리 밝은 달빛이
들어앉아 있었다

하늘가에 나부끼던 보람
그 바람 나를 마구 몰아던진 것
보내고 맞는 초조와 반가움을
실팍한 가슴 하나 천만번씩 말아 안고
오늘도 나는 빈 거리를 돌아 나온다
—이인수 싯귀

안녕.

1981. 12. 18
宗

"날이 차오"로 시작되는 이 편지를 보고 있으면, 김 선생이 화가라는 사실을 잠시 잊게 된다. 자신의 내면에서 일고 있는 그리움과 외로움을 너무나 절실하게, 그리고 절제 있게 형상화한 필력筆力 때문이다. 사실 김병종 선생은 문인이다. 전업 문인 못지않게 열심히 글을 쓰는 문학 애호가. 문학을 그림만큼 좋아하는 화가 김병종.

2001년 2월경이었던 것 같다. 영인문학관이 있는 언덕으로 올라가고 있는데, 김 선생이 맞은편에서 내려오고 있었다. 추운 날씨인데 외진 곳에 웬일인가 싶어 차에서 내렸다. 우리 문학관에 취재차 왔다가 문이 잠겨 있어 그냥 돌아가는 길이라고 했다. 새 문학관이 생긴다는 소식을 접하고 너무 반가워서, 축하의 글을 써주려고 왔다는 것이다. 문학관이 생기는 것을 미술관이 생기는 일만큼 좋아하는 화가……. 그가 김병종 교수다. 그래서 그는 문학 지망생과 사랑을 하였다.

이 편지에는 사랑의 감정이 상당히 절제 있게 그려져 있다. 추운 겨울 소등한 건물의 마지막 문을 닫고 나오던 20대 후반, 빈집에 돌아와 "밤이 되어 설렁한 냉기가 휘감아오면" 떠오르는 얼굴이 있다. 그런데 하나가 아니고 둘이다.

하나는 형이다. "많이 알지도 부자도 아니지만 드물게 따뜻한 가슴을 가진" 것 때문에 기억나는 사람이라는 묘사가 장황하다. 열다섯 줄로 기술되어 있다.

그런데 편지를 받을 사람 이야기는 짧다. "다른 한 사람은 어떤 여자요" 하고 대수롭지 않은 듯 간단하게 세 줄이다.

그 뒤로 또 별 관련이 없어 보이는 '안 모'라는 사람 이야기가 여남은 줄 나오고, 다시 날씨에 대한 이야기가 나온다. 그러다가 마지막 대목에 가서 본론이 살짝 얼굴을 내민다.

"미경이 서울을 떠난 후 나는 다시 옛날로 돌아가 몹시 무뚝뚝하오."

사랑한다거나 보고 싶다거나 하는 말이 없다. 간접 화법으로 그려진 그리움의 세련된 드로잉이다. 결론이 나온다.

"밤이 되고 설렁할 때, 문득 다가오는 사람. 가만 생각해보니, 어두운 강에 다리를 지녔음직한 내 육친은 사실은 오랜만에 한 번씩 떠오르는 셈인 것 같으오. 영등포로부터 남쪽으로 자리를 비켜 앉은 그 여인네에 비하면."

그리고 이인수의 시로 끝을 맺었다.

대학 시절 국문학자인 양주동 선생에게 들은 '홍운탁월법烘雲託月法'이라는 수사법이 생각난다. 달을 그리라니까

구름만 잔뜩 그려놓고, 정작 달은 대수롭지 않게 슬쩍 그림으로써 역설적으로 달을 살리는 고도의 수사법이 홍운탁월법이라 했다. 김 선생의 기법이 그것을 닮았다.

"날이 차오" "미경이 서울을 떠난 후 나는 다시 옛날로 돌아가 몹시 무뚝뚝하오" "밤이 되고 설렁할 때, 혼자 있을 때 문득 다가오는 사람"은 그대뿐이라는 세 줄의 글을 쓰기 위해서 쓴 긴 편지다. 나머지는 들러리다. 그의 간접 화법은 읽는 이들을 감동하게 한다.

정미경 씨는 재학 시절부터 두각을 나타냈던 재원이고 지금은 대성한 소설가다. 지난해 나는 그녀의 감동적인 소설을 읽었다. 사막의 서사시를 정감으로 녹여 쓴 탁월한 소설 『아프리카의 별』.

서로가 확고한 자기 세계를 가진 채 결합한 두 사람은 칼릴 지브란의 말처럼 "사원의 기둥처럼 대등하게 서 있는" 보기 좋은 커플이다. 그러면서 그들은 지금도 "날이 차오"로 시작되는 정감 어린 속삭임을 계속하고 있다. 신이 그 사랑에 축복을 내리시기를…….

# 우리 좀 더 겸손해지자

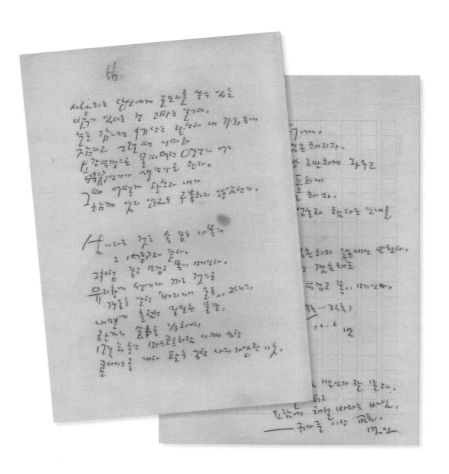

소설가 박범신이
부인 황정원에게

사랑하는 당신에게 편지를 쓸 수 있는 밤이 있다는 건 고마운 일이다. 눈을 감으면 세상은 당신과 내 가슴속에 잠자고 그럴 땐 이따금 요강 뚜껑으로 물 떠먹던 옛날의 어느 시절인가가 생각나곤 한다. 그때 어떻게 당신과 내가 함께 있지 않고도 불행하지 않았던가.

생이라는 것은 속 깊은 나목의 그 내부와 같다. 그처럼 깊고 뜨겁고 목이 멘다. 유리창에 성에가 끼는 것으로 겨울을 알던 '버지니아 울프', 그녀의 내면에 흘렀던 밀밀한 물결. 한 끼의 식사를 위하여 몇 해 동안 마스코트처럼 아껴 쓰던 콘사이스*를 내다 팔 수 있던 나의 가난한 이웃. 플라타너스 그늘의 벤치에 막걸리로 누렇게 떠버린 얼굴을 떨구고 앉았어도 그런 불행한 자신을 만류할 수 없었던 지난날 내 이성의 분신. 여름이 철거당하면 가을이 그 자리에 순금의 햇살을 쌓아 올린다. 우리의 의지는 그 가을이라는 계절의 프로그램도 차단할 수 없을 만큼 가난하다.

그러나 내 사랑하는 당신이여! 콘사이스를 내다 파는 나의 이웃이나 막걸리로 창자가 뒤틀려도 어찌할 수 없었던 어느 날 나의 허물을 당신은 너무 나무라면 안 된다. 그것은 이 모든 것이 생이라는 거대한 물줄기에서 우리가 붙잡을 수 있었던 고귀한 실체이기 때문이다. 우리는 생을 붙잡

* concise, 소형 사전

**박범신**

1946년 충남 논산 출생. 원광대학교 국문과와 고려대학교 교육대학원을 졸업했다. 1973년 〈중앙일보〉 신춘문예에 당선되어 작품 활동을 시작했다. 1981년 대한민국문학상, 김동리문학상, 만해문학상, 대산문학상을 수상했다. 현재 서울문화재단 이사장, 연희문학창작촌 촌장, 명지대학교 문예창작학과 교수로 재직 중이다. 저서로 『죽음보다 깊은 잠』 『풀잎처럼 눕다』 『고산자』 『은교』 등이 있다.

아 매달 수는 없다. 우리는 다만 개성이라는 재료를 가지고 그 생을 모자이크 해보는 것이다.

사랑하는 나의 Gom. 우리 좀 더 겸손해지자. 생이라는 놈은 그냥 오만하게 놔두고 우리는 그 오만의 표피에 우리 나름의 풀칠을 하자. 그래서 우리의 성실과 참다운 인내를 그려 붙이자. 그렇다. 우린 겸손하지 않으면 안 된다. 생은 우리가 백번 겸손해도 좋을 만큼 깊고 뜨겁고 목이 멘다. 목이 멘다. (꾸룩… 꼬르룩—〈주〉 목이 메이는 소리)

71. 12. 6
범신

써놓고도 무슨 말인지 잘 몰라! 네가 잘 읽고 요담에 해설 바라는 바임.

—귀가 중 이상 없음.

글씨체에 정령精靈이 담긴 것처럼, 보고 있으면 쓴 사람의 영상이 시각적으로 떠오르는 문인들이 있다. 박범신도 그런 문인 중 하나다. 그의 육필 연서는 그림 같아서, 보고 있으면 40년 전의 박범신이 보이고 한 여자를 향한 마음의 무늬까지 눈에 환히 보인다.

"사랑하는 당신에게 편지를 쓸 수 있는 밤이 있다는 건 고마운 일이다"로 시작되는 이 편지는 "그때 어떻게 당신과 내가 함께 있지 않고도 불행하지 않았던가"로 이어진다.

생에 대한 담론이 그 뒤를 잇는다. "생이라는 것은 속 깊은 나목의 그 내부와 같다. 그처럼 깊고 뜨겁고 목이 멘다"고 젊은 날의 박범신은 여인에게 고백한다. 유리에 성에가 끼는 것으로 겨울을 알았다는 버지니아 울프, 콘사이스를 내다 팔던 가난한 친구, 막걸리에 전 얼굴로 벤치에 앉아 있던 지난날의 자기까지 모두 그는 "생이라는 거대한 물줄기에서 우리가 붙잡을 수 있었던 고귀한 실체"로 받아들이고 있다. 그리고 '사랑하는 곰' 정원에게 제안한다. "우리 좀 더 겸손해지자"고. 왜냐하면 "생은 우리가 백번 겸손해도 좋을 만큼 깊고 뜨겁고 목이" 메는 것이니까.

그가 사랑한 황정원은 정이 많은 여인이다. 이웃까지도

살뜰하게 돌보는 따뜻한 마음을 가진 이 여인은, 계절이 바뀔 때마다 내게 무언가를 가져다준다. 어느 날은 수밀도水蜜桃를, 어느 날은 얼린 감을, 어느 날은 '으아리'라는 이름을 가진 희귀한 야생화를…….

그녀에게서는 남편에 대한 사랑이 넘쳐흐른다. 뒤늦게 국악 공부를 시작했을 때도, 예쁜 옷을 사 입었을 때도, 공은 언제나 '애들 아빠'가 차지한다. 어느 날 입고 온 한복이 너무 멋있어서 칭찬을 했더니 정원 씨는 좀 멋쩍어하면서, 그 옷이 남편의 선물이라고 고백했다. 그 모습이 너무 행복해 보여서 보는 이도 즐거웠다. 손주 볼 나이가 되었는데 아직도 '애들 아빠'는 그녀의 연인이다. 지금도 이런 사랑 편지를 계속 쓰고 있다.

사랑은 어긋나기가 쉬운 것이다. 한쪽이 열을 올리면 다른 한쪽은 도망가고 싶어지는 것이 젊은 날 사랑의 생리이기 쉬운데, 20대에 쓰던 사랑 편지를 손자 볼 시기까지 계속 쓰는 커플은 신의 축복을 듬뿍 받은 사람들이다.

# 안심하고 즐겁게 공부하시오

소설가 이광수가
부인 허영숙에게

둘째 딸 이정화 소장

제8호

3월 17일 밤

이렇게 혼자 건넌방에 앉아서 당신께 편지를 쓰는 것이 나의 유일한 행복이외다.

오늘, 11일에 부친 편지를 받으니 이레 만에 왔습니다. 건강이 회복되지 못하여 병원에 못 간다니 심히 염려되며, 내가 첫 편지를 5일에 부쳤는데 (의학교로) 그것이 11일까지 아니 갔다 하면 필시 중간에 무슨 잡간(검열?)이 있는 모양이외다. 8호까지 누락 없이 다 받았노라고 자세히 회답하시오. 건강이 근심이 되어서 곧 전보를 놓으려 하였으나 놀란다고 어머님이 말리셔서 못 놓았소. 이곳은 다 잘 지내니 안심하고 즐겁게 공부하시오.

오늘 140원 부친 것 받았을 줄 믿소. 그리고 기뻐하셨기를 바라오. 그걸로 양복 지어 입고 40원으로는 3월 학비 하시오.

나는 학교에서 참고서를 많이 사주어서 그것만으로도 몇 달 공부거리는 되겠소. 또 모레부터는 아주 집을 들고 역사*를 시작할 터이니 약 40일간은 공부할 기회도 없겠소. 그러니 내 책 걱정은 조금도 말고, 애도 쓰지 말고 아주 맘

* 役事, 토목이나 건축 따위의 공사

**이광수**

1892년 평안북도 정주 출생. 호는 춘원. 1915년 일본으로 건너가 와세다대학교에 편입한 뒤 철학과에 재학 중이던 1917년 한국 최초의 근대 장편소설 『무정』을 발표했다. 일제 말기 '가야마 미쓰로香山光郞'라는 이름으로 창씨개명하였으며 8·15해방 이후 반민족행위처벌법으로 수감되었다가 병보석으로 출감했다. 그 뒤 한국전쟁 중 인민군에게 납북되어 1950년 10월 폐결핵으로 작고했다. 주요 작품으로 『흙』 『사랑』 등이 있다.

턱 놓고 지내시오.

5월부터 매달 학비는 60원 보내리다. 그리고 여름 양복값 보낼 터이니 얼마나 들지 회답하시오. 공부하는 중이니 저금 아니해도 좋소. 학비가 곧 저금이오. 여름옷에는 렌코트** 같은 것이 있어야 하겠으니 모두 값을 적어 보내시오.

내 매달 수입은 분명히 알 수는 없으나 학교에서 80원 내지 100원, 〈개벽〉에서 30원 내지 50원, 〈신생활〉에서 40원, 만일 〈동명〉이 나오면(확실히 나온다오) 거기서 80원 내지 100원은 될 터이니 가장 적게 잡더라도 150원가량은 되겠으니 당신의 학비와 내 책값, 담뱃값에 군색치는 아니할 모양인즉 아주 안심하고 공부하시오.

봄에는 금강산에 갈 수 없으니 아마 6월 그믐께나 가게 될까 보오. 당신은 7월에나 돌아올 터이니, 〈개벽〉 3월 호는 부쳤소. 3월 호가 재판이 났는데 내 글이 호평이라니 기뻐하시오.

〈신생활〉은 성태 군이 직접 부친다 하오. 내 글을 떼어 모으는 직분을 게을리 마시오. 바요링***책과 모포들은 곧 보내드리리다.

남편

** 레인코트

*** 바이올린

한국 최초의 여의사인 허영숙은 춘원 이광수의 반려이자 주치의였다. 동경의 병원에서 치료비가 없어 쫓겨나게 생긴 환자를 의대 실습생으로 도운 것이 그들 만남의 시작이었다. 그를 첫 대면하던 날부터 그가 북한군에 납치당하던 1950년까지, 수십 년간 허영숙은 의사로서 그의 곁을 지켰고, 중태에 빠진 그를 번번이 소생시켰다.

일제 말에 춘원이 스스로의 친일 행위를 참회한다고 사능에서 돌베개를 베던 때가 있었다. 병약한 그는 돌베개의 냉기를 견디지 못해 와사풍*에 걸린다. 폭격 때문에 기차도 안 다니던 시기였는데, 허 여사는 효자동에서 사능까지, 달구지를 구해 가서 춘원을 모시고 왔단다. 환자를 달구지에 태우고 자신은 그 먼 길을 걸어오느라고 허 여사가 고생을 많이 했다는 말을 따님에게서 들은 일이 있다.

그녀가 없었으면 춘원은 아마 1950년까지 살지 못하였을 것이다. 수양동우회 사건**으로 수감되었을 때도 춘원은 중환자여서 병감에 들어갔고, 해방 후 친일파로 수감되

* 안면신경마비

** 수양동우회는 1913년 민족부흥을 목적으로 설립된 흥사단 계열 단체로, 1937년 중일전쟁 발발 시점에 일본 제국이 수양동우회 회원들을 검거하여 와해되었다.

었을 때도 여전히 중환자였다. 공산군이 납치해가자 춘원은 그해를 넘기지 못하고 숨을 거둔다. 허 여사는 평생 춘원의 건강 지킴이였고, 보호자였으며, 생명의 은인이기도 했다.

하지만 그녀와의 사랑이 아니었다면 춘원은 상하이에서 돌아오지 않았을지도 모른다. "귀국은 투항"이라며 도산 안창호가 극구 말리는데도 그가 사지死地로 귀국한 것은, 허 여사에 대한 사랑 때문이다. 독립운동에 헌신하는 춘원에게 허 여사가 귀국을 종용한 것이다.

역사에 가정이란 허락되지 않는다지만, 만약 그때 춘원이 돌아오지 않았다면…… 그는 적어도 친일파는 되지 않았을 것이다. 그 대신 우리 문학사는 『흙』도 『사랑』도 가질 수 없었을지 모른다. 그 손익계산표가 어떻게 나올지 궁금하다.

이 편지는 춘원이 허영숙과 재혼한 직후에 쓴 것이다. 결혼한 뒤에도 허 여사는 공부를 더 하겠다고 다시 일본으로 건너간다. 춘원은 장모와 둘이 살면서 열심히 일해 아내에게 옷값과 학비를 보내준다. 평균수입이 한 달에 약 150원가량이었는데 이 편지에 나타난 송금액은 140원이다. 가진 것을 거의 다 보낸 셈이다. 그러면서 늘 "공부 열심히 해라" "레인코트를 새로 맞춰 입어라" 하고 배려하는 말만 하는 춘원은 어질고 너그러운 남편이다. 이 무렵의 다른 편지를 보면, 편지가 제때 안 온다고 허 여사가 앙탈을 부리는 대목이 나오는데, 춘원은 번번이 어른스럽게 거기에 대응한다. 『사랑』에 나오는 안빈 박사처럼 춘원은 여자를 인간으로 존중하는 여성숭배자였던 것이다.

허 여사는 그 후에도 아이까지 데리고 다시 한 번 일본에 가 공부를 계속한다. 그런 학구적인 면이 효자동의 '허영숙 산원産院'을 유명하게 만든 원동력이다.

1930년대에 공부를 하겠다고 남편을 두고 외국으로 두 번이나 유학을 가는 여인이 있었다는 것, 그것을 받아들이고 뒷받침해준 남편이 있었다는 것은 놀라운 일이다. 허 여사는 결혼을 잘했다고 할 수 있다.

하지만 춘원도 결혼을 잘했다. 1920~1930년대의 동경 유학생들은 나혜석처럼 현실에서 너무 멀리 날아가 디디고 설 땅을 잃고 참담하게 끝나는 경우가 많았다. 허 여사처럼 실력을 쌓아서 커리어우먼으로 성공한 여인은 드물었다. 그녀처럼 가정에 충실한 여인도 역시 드물었다. 허 여사는 다른 모던걸과는 달리, 자유연애 사상 같은 것으로 가정을 파탄에 이르게 하지 않는 절제를 알았다. 그녀는 한 남자를 선택하여 결혼을 하고, 그 남자에게 충실하면서, 자신의 자아를 백 퍼센트 살린 희귀종이다.

그건 어쩌면 그녀가 중용의 미덕을 터득하고 현실감각이 있는 서울 여자였기 때문인지도 모른다. 나혜석이나 김원주 등은 거의 다 지방 출신이다. 서울에서 멀수록 현실과의 거리가 멀었다는 것은 주목할 만한 대목이다.

그뿐 아니다. 허영숙은 그 무렵의 동경 유학생 가운데 유일한 이과 출신이다. 춘원 주변에 있던 다른 여학생들은 거의 다 문학 지망생들인데 허 여사만 여의사다. 문학을 지망한다는 것과 지방 출신이라는 두 가지 여건이 신여성의 일탈도와 함수 관계를 가지는 이유는 무엇일까?

# 제각기 다른 형상이지만
# 모두 당신의 모습입니다

조각가 파올로 디 카푸아가
부인 정완규에게

Da lontano un'immagine mi attrae,
volgo il mio sguardo e vedo
tra gli altri si distingue una figura.

Osservo con più attenzione e credo di conoscerti
da sempre, ma ogni volta mi sorprendi
e nuovi orizzonti mi si schiudono
imprevisti.

La figura si muove, si tende,
riflette su se stessa poi scatta...
Nuove visioni, sempre tue, sempre diverse.

Mi avvicino, tutto intorno scompare.
Nel viso luminoso, i tuoi occhi neri
profondi e acuti si lasciano intravedere
tra i capelli neri spontanei appoggiati
svelti sugli zigomi, adorabili colline.

da Paolo a Oan Kyu

Roma, 18/10/1985

## 완규 씨에게

멀리서부터 한 여인의 모습이 나를 사로잡습니다. 눈을 돌려봅니다. 무리들 사이로 하나의 형상이 눈에 띕니다.

좀 더 자세히 살펴보니 당신을 오래전부터 알아왔다는 생각이 듭니다. 내 앞에 새로운 지평을 열어준 당신 때문에 매 순간 놀라고 맙니다.

그 모습은 움직이고, 뻗어나가고, 깊이 생각하고, 튀어 오릅니다. 새로운 모습들이 이어서 등장합니다. 제각기 다른 형상이지만 모두 당신의 모습입니다. 가까이 다가갑니다. 모든 것이 사라지고 난 그 자리에, 당신의 빛나는 얼굴이 있습니다. 사랑스러운 볼 위로 검은 머리카락이 흘러내리고 그 사이로 깊고 강렬한 검은 눈망울이 숨어 있습니다.

1985년 10월 18일 로마에서

**파올로 디 카푸아Paolo di Capua**
조각가. 1957년 로마에서 태어났다. 이탈리아 국립아카데미에서 미술학을 전공하고, 스페인의 라 라규나대학교 미술대학에서 박사학위를 받았다. 이탈리아, 미국, 스페인, 독일, 중국 등지에서 개인전을 열었으며, 2006년부터 서울에서 살고 있다. 현재 한양대학교 공과대학 건축학부 교수로 재직 중이다.

**정완규**
1953년 경북 출생. 로마 국립미술대학(아카데미)과 로마 국립 폴리그라피코 예술학교를 졸업했다. 성신여자대학교와 영남대학교에서 학생들을 가르쳤으며, 로마, 밀라노, 서울, 시카고, 뮌헨, 베를린 등지에서 개인전을 열었다. 제59회 이탈리아 미케티상 그랑프리를 수상했다.

26년 전 로마의 거리에서 한 이탈리아 남자가 군중 속에서 발랄한 한국 여인을 발견한다. 홀린 듯 가까이 가보니 오래전부터 알았던 사람처럼 친숙한 분위기다. 남자는 그 여인이 자기 앞에 새 지평을 열어준다고 생각한다. 움직이고, 뻗어나가고, 깊은 사념에 잠기다가 튀어 오르기도 하는…… 발랄하고 개성적인 여인.

그 활달한 여성 화가에게 반해서 조각가 파올로 디 카푸아는 지금 한국에 살고 있다. 그의 마돈나는 이 나라에서 그의 보호자이기도 하고 조언자이기도 하며 조수이기도 하여, 그에게 낯선 나라가 새 지평을 열게 만들었다. 지금 그는 한양대학교에서 조각을 가르치는 대학교수다.

이 편지는 26년 전 징크판*에 새겨져 여인에게 전달되었다 한다. 이탈리아 남자만이, 조각가만이 만들 수 있는 참으로 희귀한 사랑 편지다.

* zinc版. 아연판

# 그리움 속에 이루어가던 너의 성전

시인 정한모가
시인 김남조에게

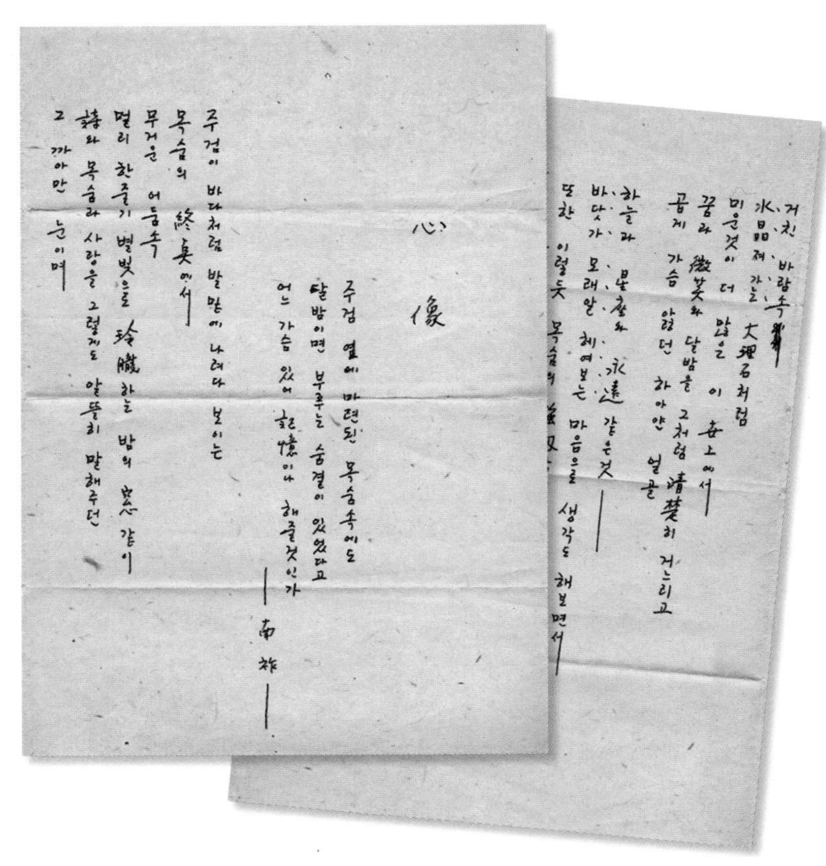

心像

주검 옆에 마련된 목숨속에도
달밤이면 부푸는 숨결이 있었다고
어느 가슴 있어 記憶이나 해줄것인가

— 南祚 —

주검이 바다처럼 발밑에 나려다 보이는
목숨의 終焉에서
무거운 어둠속
멀리 한줄기 별빛으로 玲瓏하는 밤의 思念 같이
話와 목숨과 사랑을 그렇게도 알뜰히 말해주던
그 까아만 눈이며

거친 바람속
水晶 같은 大理石처럼
미운것이 더 많은 이 世上에서
꿈과 微笑와 달밤을 그처럼 淸楚히 거느리고
곱게 가슴 앓던 하아얀 얼굴
하늘과 물, 꽃과 永遠 같은것
바닷가, 모래알, 헤여보는 마음으로
또한 이렇듯 목숨의 [illegible] 생각도 해보면서

## 심상心像

주검 옆에 마련된 목숨 속에도
달밤이면 부푸는 숨결이 있었다고
어느 가슴 있어 기억이나 해줄 것인가
— 남조 —

주검이 바다처럼 발밑에 내려다보이는
목숨의 종점에서
무거운 어둠 속
멀리 한 줄기 별빛으로 영롱하는 밤의 창같이
시와 목숨과 사랑을 그렇게도 알뜰히 말해주던
그 까아만 눈이며

거친 바람 속
수정져가는 대리석처럼
미운 것이 더 많은 이 세상에서
꿈과 미소와 달밤을 그처럼 청초히 거느리고
곱게 가슴 앓던 하아얀 얼굴

하늘과 성좌와 영원 같은 것—
바닷가 모래알 헤여보는 마음으로 생각도 해보면서

**정한모**

1923년 충남 부여 출생. 호는 일모. 서울대학교 문리대 국문과와 같은 대학원을 졸업했다. 서울대학교 문리대 교수로 있으면서 국제 펜클럽 한국본부 중앙위원, 한국문인협회 이사 등을 역임했다. 1945년 동인지 〈백맥〉에 「귀향시편」을 발표하면서 문단에 데뷔했다. 1972년 한국시인협회상을 수상했으며 문화공보부장관을 지내기도 했다. 1991년 작고했다. 저서로 『아가의 방』 『카오스의 사족』 등이 있다.

**김남조**

1927년 경북 대구 출생. 서울대학교 사범대학 국문과를 졸업했다. 1950년 〈연합신문〉에 시를 발표해 등단했다. 숙명여자대학교 교수, 한국시인협회와 한국여성문학인회 회장을 역임했으며, 한국시인협회상, 서울시문화상, 대한민국문화예술상 등을 받았다. 현재 숙명여자대학교 명예교수로 있다. 시집으로 『목숨』 『사랑초서』 『사랑의 말』 등이 있다.

또한 이렇듯 목숨의 강인함을 노래하면서
이름 지을 수 없는 그리움 속에 이루어가던 너의 성전聖殿

열화같이 달아오르는 흥분의 절정. 그런 어지러움 속에서
문득 머무는 내성內省의 고요한 일각
물농울처럼 퍼져나갈 여운과 가능이 멈추는
이 생명의 핵심일 수 있는 동글아미 속에 자리하고
안윽히 웃고 있는 얼골—.

53. 6. 8
정한모

1920년대에 태어난 남성 문인들에게 김남조 시인은 뮤즈였고 사포였다. 24세에 등단한 남조 시인은, 그분들 모두의 '정갈한 마돈나'였다.

남조 선생님의 시를 앞세우고 시작한 이 시로 된 편지는, 그 정갈한 마돈나에게 바치는 최상의 헌사獻詞다.

"시와 목숨과 사랑을 그렇게도 알뜰히 말해주던 그 까아만 눈" "꿈과 미소와 달밤을 그처럼 청초히 거느리고 곱게 가슴 앓던 하아얀 얼굴" "이름 지을 수 없는 그리움 속에 이루어가던 너의 성전" "생명의 핵심일 수 있는 동글아미 속에 자리하고 안윽히 웃고 있는 얼골."

1953년이면 남조 시인이 첫 시집 『목숨』을 들고 나와 본격적으로 시작 활동을 펼치던 무렵이다. 그때 남조 시인은 아마 폐를 앓고 있었을 것이다.

중부지방 고도古都 출신인 과묵한 정한모 선생이 그려 놓은 '심상心像'에 나타난 아니마* 적 여성상은, 그 시절의 젊은 남성 문인들 모두의 눈에 새겨진 남조 시인의 청초한 초상화다. 시로 그린 초상화.

* anima, 남성이 지니는 이상적인 여성상

가신 분의 눈에 어리었던, 지금은 연로한 한 여류 시인의 젊은 날의 초상화가, 60년이라는 시간의 벽을 허물고 소생하는 기분이다.

# 참고 견딜밖에

소설가 김동인이
부인 김경애에게

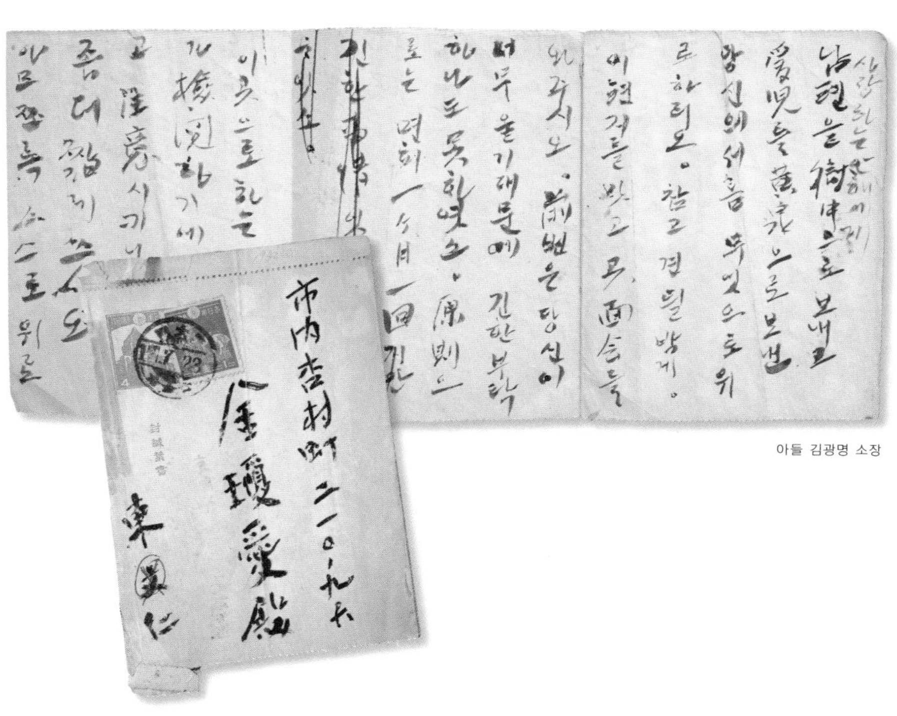

아들 김광명 소장

## 사랑하는 아내에게

남편을 옥중으로 보내고 애아愛兒*를 황천으로 보낸 당신의 설움 무엇으로 위로하리오. 참고 견딜밖에. 이 편지를 받고 곧, 면회를 와주시오. 전번은 당신이 너무 울기 때문에 긴한 부탁 하나도 못하였소. 원칙으로는 면회가 한 달에 한 번이지만 긴한 사정이 있으면 또 할 수 있소. 이곳으로 하는 당신의 편지가 검열하기에 너무 길다고 주의시키니 이 뒤는 좀 더 짧게 쓰시오. 아무쪼록 스스로 위로받기에 노력하시오. 내 몸은 건강, 단 체중은 16관** 800이던 것이 지금 꼭 16관으로 내렸소.

남편 씀

**김동인**
1900년 전주 출생. 호는 금동. 1919년 최초의 순수문학 동인지 〈창조〉를 발간하고, 첫 작품 「약한 자의 슬픔」을 발표했다. 「배따라기」 「감자」 「광염 소나타」 등의 단편소설을 통해 간결하고 현대적인 문체로 문장 혁신에 기여했다. 저서로 『운현궁의 봄』 『서라벌』 『발가락이 닮았다』 등이 있다. 1951년 작고했다.

* 사랑하는 어린 자식
** 1관은 약 3.75킬로그램, 16관이면 약 60킬로그램

1942년 김동인은 감옥에 갇혀 있었다. 어느 날 사석에서 시국에 대해 불평한 것이 그 자리에 있던 일본 순사의 귀에 들어가 '천황모독죄'라는 어마어마한 죄명으로 수감된 것이다.

선생은 그 무렵 건강이 아주 좋지 않았다. 파산과 이혼이 겹쳐 만신창이가 되었을 때 생긴 불면증이 고질이 되었다. 약이 없으면 잠을 잘 수 없으니 약의 분량을 점점 더 늘린 것이 화근이었다. 고강도의 수면제 속에 들어 있던 모르핀이 10여 년 동안 누적되어 모르핀 중독 증세가 생긴 것이다.

재혼했으니 두 여인이 나은 아이 수가 만만치 않았다. 부양가족은 많은데 유산은 모두 탕진해버려, 김동인에게는 가족을 부양하는 일이 너무 버거웠다. 그래서 그는 자신의 꿈과 이상을 다 버렸다. 이광수의 작품까지 대중문학으로 치부하여 〈창조〉에 글을 쓰지 못하게 할 정도로 순수문학에 집착했던 그 오만한 성주는, 자존심을 모두 내던지고 역사소설을 쓰기 시작했다. 그러다가 이 무렵에는 야담野談을 쓰는 작가로까지 전락했다.

그의 친일은 건강과 관련이 많다는 것이 나의 견해다. 그 대표적인 예가 북지황군北支皇軍위문작가단 사건이다.

일본이 점점 목을 조여오자, 이 허약한 신사는 징용에 끌려갈까 봐 전전긍긍했다. 건강이 말이 아니니 끌려가는 것은 곧 죽음을 의미했기 때문이다. 그래서 시키지도 않는데 문인위문단을 만들어 중국의 북지*로 일본 군인들을 위문하러 나선다. 전선에 있는 일본 군대를 위문하러 가면 좀 봐주지 않을까 하는 기대를 가진 것이다. 그런데 동인 선생은 그 여행 도중에 착란을 일으켜 혼수상태가 되는 바람에 북지에 다녀왔다는 방문 보고서를 쓰지 못했다. 그 후 김동인 선생은 어떻게 해서든지 다시 북지에 있는 군인들을 위문하러 가서 위기를 모면하려고 몸부림치지만, 그나마도 병으로 인해 가망이 없어 보였다.

그에게 있어 친일 행각은 징용 회피를 위한 수단이었다. 그래서 북지까지 찾아갔는데 그나마도 감내할 체력이 없어 좌절하고 마는 비참한 환자의 몸부림이 친일 행위의 수위를 높여간다. 그는 군국주의를 좋아할 수 없는 철저한 유미주의자다.

이 편지는 '천황모독죄'로 감옥에 갇혀 있을 때 아내에

* 北支. 중국의 북부 지방. 일본인이 중국을 '지나支那' 라 불렀기 때문에 '북부 지나'를 줄여 '북지'라 불렀다.

게 보낸 것이다. 동인 자신도 건강이 말이 아니었던 때지만, 집에서는 더 참담한 일이 일어나고 있었다. 아이 중 하나가 감기를 앓다가 죽은 것이다. 아이까지 세상을 떠나 집안 형편은 엉망일 때인데……. 그 경황에도 울고 있는 아내에게 면회를 와서 자기를 도와달라고 부탁하고 있다. 편지가 길어 야단맞았다는 사연까지 적어 보내야 하는 이의 마음은 또 얼마나 착잡했을까?

나는 이따금 내가 일제 강점기에 어른이 아니었던 것을 신께 감사한다.

# 허지만 당신 고집도 어지간하오

소설가 조흔파가
부인 정명숙에게

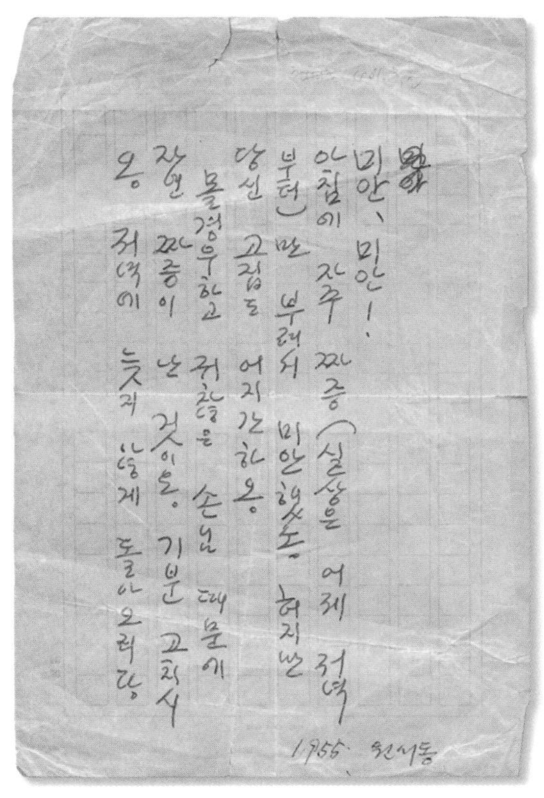

미안, 미안!
아침에 자주 짜증(실상은 어제 저녁
부터)만 부려서 미안했소. 허지만
당신 고집도 어지간하오.
몰경우하고 귀찮은 손님 때문에
잠엔 짜증이 난 것이오. 기분 고치시
오. 저녁에 늦지 않게 돌아오리다.

1955 원서동

'1955 원서동'은 부인이 적어둔 것이다.

미안, 미안!

아침에 자주 짜증(실상은 어제 저녁부터)만 부려서 미안했소. 허지만 당신 고집도 어지간하오.

몰경우하고 귀찮은 손님 때문에 자연 짜증이 난 것이오. 기분 고치시오. 저녁에 늦지 않게 돌아오리다.

**조흔파**

1918년 평양 출생. 해방 뒤 경기여고 교사와 숙명여자대학교 강사를 역임했고, 1950년 한국전쟁 때는 국방부 소속 종군 작가로 활동했다. 1951년 〈고시계〉에 「계절풍」을 발표하면서 작품 활동을 시작했다. 〈세계일보〉 〈한국경제신문〉 등에서 논설위원으로 일했고, 공보실 공보국장, 국무원 사무처 공보국장, 중앙방송국장 등을 역임했다. 주요 저서로 『주유천하』 『얄개전』 등이 있다.

**정명숙**

수필가. 숙명여자대학교 문리대 국문과를 졸업하고 1972년 〈한국수필〉로 등단했다. 〈여성동아〉 편집자문위원, 상명여자대학교 교수 등을 역임했고, 한국수필문학상, 수필문학대상 등을 수상했다. 저서로 『바늘 없는 시계탑』 『한 가닥 바람이 되어』 『거울아 거울아』 등이 있다.

조흔파 선생님은 내가 고등학교 재학 중이던 1950년대 초 경기여고 국어 선생님이었다. 방송국에 오래 있다 오셨는데도 고전문학 강의까지 잘하셨다. 그뿐만 아니다. 입시에 대한 예측도 정확하게 해내셨다. 서울대학교 국문과에는 송강松江을 전공한 방종현 선생님이 계시는데 그분이 지금 학장이니, 올해 입시에는 송강이 반드시 나온다는 것이 선생님의 주장이었다.

선생님의 예언은 적중해서 "어와 동량재를 저리하여 어이할꼬"로 시작하여 "뭇 지위 고자자들고 헤뜨다가 말려나다"로 끝나는 송강의 시조가 나왔다. 까다로운 고어가 많이 나오는 어려운 시조다.

시험을 끝내고 나오다가 방종현 선생님을 만났다. 시험에 출제된 시조의 단어 뜻을 물으시기에 대답했더니 "역시 경기여고가 다르구먼!" 하고 칭찬해주셨다. 좋은 학교에 들어간다는 것은 훌륭한 교사진과 만난다는 것을 의미한다. 그때 경기여고에는 김순애, 유홍렬, 도상봉, 최덕휴 선생님 같은 유명한 예술가들과 채린기, 이상옥, 김경성 선생님 같은 저명한 학자들이 계셨다. 조 선생님도 그런 자랑스러운 교사 가운데 한 분이셨다.

조 선생님은 젊고, 미남이셨고, 강의도 잘하셨다. 그런데 아이들은 선생님을 별로 좋아하지 않았다. 『얄개전』 같은 점잖지 못한 글을 쓴다는 것과 징그럽다는 게 이유였다.

학생들의 직감은 맞았다. 선생님은 플레이보이여서 전후에 새로 맞은 나이 어린 사모님의 속을 자주 뒤집어놓았다 한다. 그러다 보니 제자 같은 어린 신부에게 걸핏하면 이런 사과의 편지를 썼다는 것이다. 몸집이 큰 선생님이 어린 부인이 무서워 쪽지 편지를 남겨놓고 뺑소니를 치는 애교 있는 장면을 생각하면 웃음이 나온다.

망자亡者의 에로티시즘과 방종을 생각해본다. 예쁜 여자만 보면 정신을 못 차렸다는 카사노바의 그 활력이 넘치던 육체가 진토가 되어 사라졌는데, 어디를 향하여 돌을 던져야 할까?

지금은 부인 정 여사도 그의 바람기를 웃으며 이야기할 만큼 늙어서, 옛날의 남편 제자들을 만나면 그 이야기를 웃으며 하신다. 세월이 약이라는 말이 맞는가 보다.

# 가장 중요한 것은 사랑,
# 그것뿐입니다

시인 문효치가
부인 한춘희에게

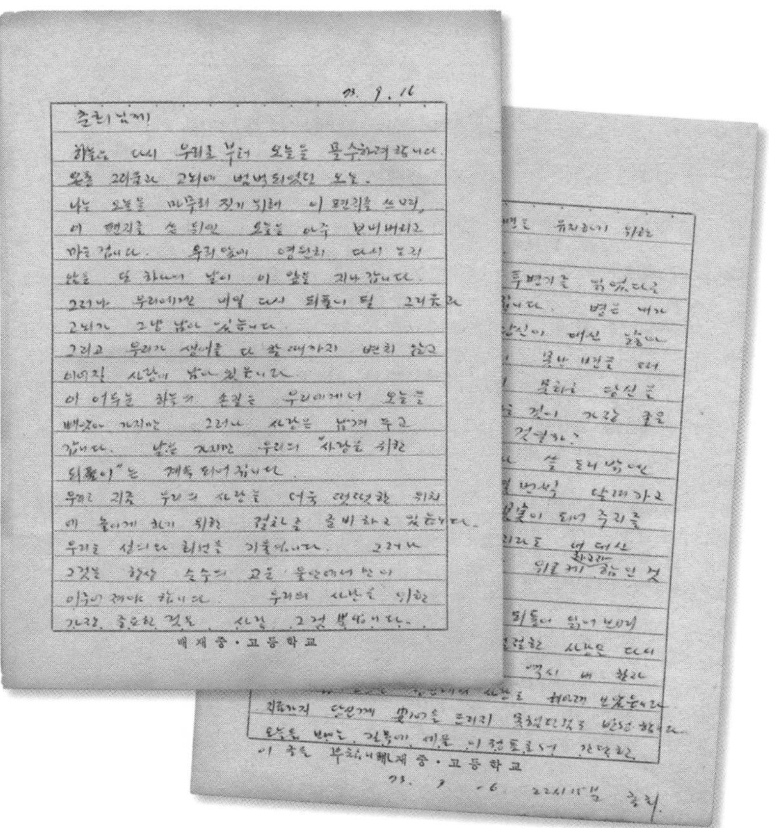

'73. 9. 16

춘희 님께!

하늘은 다시 우리로부터 오늘을 몰수하려 합니다.
온통 그리움과 고뇌에 범벅되었던 오늘.
나는 오늘을 마무리 짓기 위해 이 편지를 쓰며,
이 편지를 쓴 뒤엔 오늘을 아주 보내버리고
말 겁니다. 우리 앞에 영원히 다시 오지
않을 또 하나의 날이 이 앞을 지나갑니다.
그러나 우리에겐 내일 다시 되풀이 될 그리움과
고뇌가 그냥 남아 있습니다.
그리고 우리가 생애를 다 할 때까지 변치 않고
이어질 사랑이 남아 있습니다.
이 어두운 하늘의 손길은 우리에게서 오늘을
빼앗아 가지만 그러나 사랑은 남겨 두고
갑니다. 날은 가지만 우리의 "사랑을 위한
되풀이"는 계속되어 집니다.
우리는 지금 우리의 사랑을 더욱 견고한 위치
에 놓이게 하기 위한 절차를 준비하고 있습니다.
우리는 [illegible] 희생을 기울입니다. 그러나
그것을 항상 [illegible] 교훈을 [illegible] 많이
이루어 [illegible] 합니다. 우리의 사랑을 위한
가장 중요한 것은, 사랑, 그것뿐입니다.

배재중·고등학교

춘희 님께

하늘은 다시 우리로부터 오늘을 몰수하려 합니다. 온통 그리움과 고뇌에 범벅되었던 오늘. 나는 오늘을 마무리 짓기 위해 이 편지를 쓰며, 이 편지를 쓴 뒤엔 오늘을 아주 보내버리고 마는 겁니다. 우리 앞에 영원히 다시 오지 않을 또 하나의 날이 이 앞을 지나갑니다.

그러나 우리에겐 내일 다시 되풀이될 그리움과 고뇌가 그냥 남아 있습니다. 그리고 우리가 생애를 다할 때까지 변치 않고 이어질 사랑이 남아 있습니다.

이 어두운 하늘의 손길은 우리에게서 오늘을 빼앗아 가지만 그러나 사랑은 남겨두고 갑니다. 날은 가지만 우리의 사랑을 위한 되풀이는 계속되어갑니다.

우리는 지금 우리의 사랑을 더욱 떳떳한 위치에 놓이게 하기 위한 절차를 준비하고 있습니다. 우리는 성의와 최선을 기울입니다. 그러나 그것은 항상 순수의 고운 물 안에서만이 이루어져야 합니다. 우리의 사랑을 위한 가장 중요한 것은 사랑, 그것뿐입니다. 그리고 그것은 우리의 생명을 유지하기 위한 가장 지극한 방법입니다.

나를 위해 어느 여인의 투병기를 읽었다는 당신의 말씀에 숙연해집니다. 병은 내가 앓고 있는 게 아니라 당신이 대신 앓아주시는 것입니다. 나의 못난 병을 떠맡아 고통 속에

**문효치**

1943년 전북 군산 출생. 동국대학교 국문과와 고려대학교 교육대학원을 졸업했다. 1966년 〈한국일보〉와 〈서울신문〉 신춘문예 시 부문에 각각 당선돼 등단했다. 천상병시문학상, 동국문학상, 김삿갓문학상 등을 수상했다. 현재 주성대학교 문예창작과 겸임교수로 있다. 시집으로 『백제시집』 『참으로 슬프게 붉어지면』 등이 있다.

서 벗어나지 못하는 당신을 위해 나는 어떻게 하는 것이 가장 좋은 위로가 되어드릴 수 있는 것일까?

나는 이렇게 무작정 편지나 쓸 도리밖엔 없습니다. 하루에도 몇 번씩 달려가고 싶지만, 그것은 나의 현실이 되어주지를 않습니다. 이 편지 쪽지라도 내 대신 당신의 품속에 들어 서로를 위로케 하고자 함인 것입니다.

오늘은 당신의 묵은 편지들을 되풀이 읽어보며 뼛속에서 우러나오는 당신의 절절한 사랑을 다시 한 번 음미했습니다. 그리고 역시 내 창자 속에서 끓어오르는 당신에의 사랑도 헤아려보았습니다. 지금까지 당신께 안심을 드리지 못했던 것도 반성합니다.

오늘을 보내는 길목에 세울 이정표로서 간단한 이 글을 부칩니다.

73. 9. 16. 22시 15분

효치

성실한 남녀 한 쌍의 사랑의 풍속이 엿보이는 편지다.

"나는 오늘을 마무리 짓기 위해 이 편지를 쓰며, 이 편지를 쓴 뒤엔 오늘을 아주 보내버리고 마는 겁니다. 우리 앞에 영원히 다시 오지 않을 또 하나의 날이 이 앞을 지나갑니다.

그러나 우리에겐 내일 다시 되풀이될 그리움과 고뇌가 그냥 남아 있습니다. 그리고 우리가 생애를 다할 때까지 변치 않고 이어질 사랑이 남아 있습니다."

덧없이 가버리는 시간을 한탄하다가도 오늘과 내일을 이어주는 사랑의 끈이 있음을 행복으로 간주하는 시인. 아픈 연인을 위해 다른 환자의 투병기를 읽고 있다는 여인에게 시인은 "내 병을 당신이 대신 앓아주는구려"라고 감사의 말을 보낸다.

그 사랑이 맺어져 머리가 희끗희끗할 나이까지 연인처럼 손을 잡고 걷는 두 분을 바라보면, 보는 이의 마음도 충만해진다.

# 흰 머리카락들마저
# 대견하고 사랑스러웠소

소설가 조정래가
부인 김초혜에게

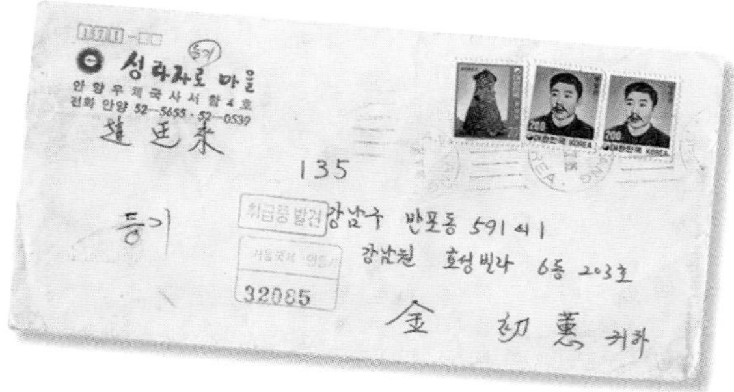


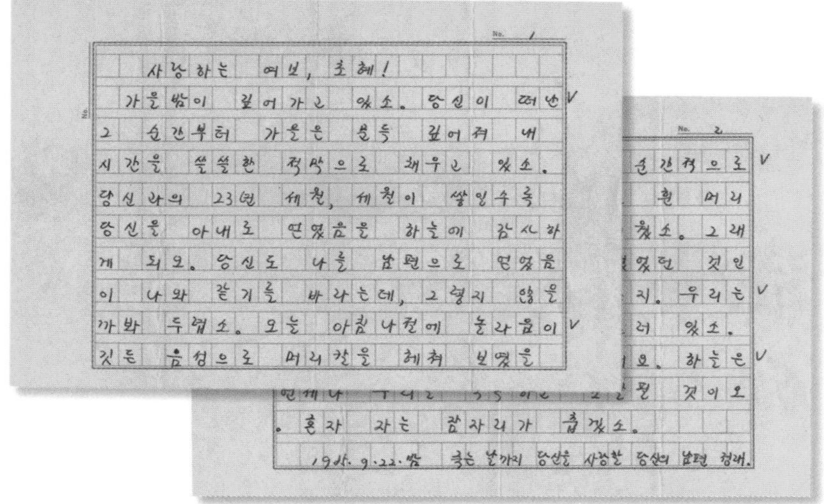
No. 1

사랑하는 여보, 초혜!

가을밤이 깊어가고 있소. 당신이 떠난 그 순간부터 가을은 문득 깊어져 내 시간을 쓸쓸한 적막으로 채우고 있소. 당신과의 23년 세월, 세월이 쌓일수록 당신을 아내로 얻었음을 하늘에 감사하게 되오. 당신도 나를 남편으로 얻었음이 나와 같기를 바라는데, 그렇지 않을까봐 두렵소. 오늘 아침나절에 놀라움이 깃든 음성으로 머리칼을 헤쳐 보였을

No. 2

혼자 자는 잠자리가 춥겠소.

19[illegible]. 9. 22. 밤 죽는 날까지 당신을 사랑할 당신의 남편 정래.

사랑하는 여보, 초혜!

가을밤이 깊어가고 있소. 당신이 떠난 그 순간부터 가을은 문득 깊어져 내 시간을 쓸쓸한 적막으로 채우고 있소. 당신과의 23년 세월, 세월이 쌓일수록 당신을 아내로 얻었음을 하늘에 감사하게 되오. 당신도 나를 남편으로 얻었음이 나와 같기를 바라는데, 그렇지 않을까 봐 두렵소. 오늘 아침나절에 놀라움이 깃든 음성으로 머리칼을 헤쳐 보였을 때 나는 우리의 삶 23년을 순간적으로 떠올렸고, 부끄러운 듯 숨어 있는 흰 머리카락들마저 대견하고 사랑스러웠소. 그래서, 물을 들이지 말라, 고 했었던 것인데 당신은 어떻게 받아들였는지. 우리는 열심히 살아왔고, 지금에 이르러 있소. 앞으로도 그렇게 살아가는 거요. 하늘은 언제나 우리를 축복하고 보살필 것이오. 혼자 자는 잠자리가 춥겠소.

1985. 9. 22. 밤

죽는 날까지 당신을 사랑할 당신의 남편 정래

**조정래**

1943년 전남 승주군 선암사에서 태어났다. 1970년 〈현대문학〉에 「누명」과 「선생님 기행」이 추천되어 문단에 데뷔했다. 1978년 도서출판 민예사를 설립했다. 현대문학상과 대한민국문학상, 노신문학상, 만해대상 등을 수상했으며, 20세기 한국 현대사 3부작 『태백산맥』 『아리랑』 『한강』으로 1천만 부 판매라는 한국 출판사상 초유의 기록을 수립했다.

**김초혜**

1943년 충북 청주 출생. 1964년 〈현대문학〉으로 등단했으며 한국문학상과 한국시인협회상, 현대문학상을 수상했다. 〈소설문학〉 주간, 〈한국문학〉 편집장, 한국문인협회 이사 등을 역임했다. 저서로 『사랑굿』 『내 안의 너』 『고요에 기대어』 『사람이 그리워서』 등이 있다.

결혼한 지 23년 된 남편이 아내에게 보낸 달콤한 사랑 편지다. 남자가 상대방에게 홀딱 반해서 결혼한 아내를 일본 사람들은 '호레 뇨보惚れ女房'라고 부른다. 김초혜 시인은 조 선생의 호레 뇨보다.

세월이 쌓일수록 그녀를 아내로 얻은 것을 하늘에 감사하면서 산다는 남편, 아내가 떠난 순간부터 가을은 문득 깊어져 쓸쓸한 적막만이 남는다는 남편, 흰 머리카락마저 대견하고 사랑스럽다는 남편, 혼자 자는 잠자리가 추울까봐 신경을 쓰는 남편.

김초혜 시인을 보고 있으면 그런 사랑을 받는 비결이 눈에 보인다. 헌신적인 아내이면서 멘토이기도 하다는 김 시인은, 이 편지를 받은 지 사반세기가 지났는데 아직도 여성스러운 미태媚態를 지니고 있다. 언제 보아도 정갈한 멋쟁이인 여성 시인……. 그래서 남편은 그녀를 이렇게 부른다.

"사랑하는 여보, 초혜."

사랑이 충만한 남자와 여자를 보는 것은 주위 사람들에게도 축복이다.

# 애미 편지 왔니?

# 애비 편지 왔니?

시인 박두진이
아들 영조에게

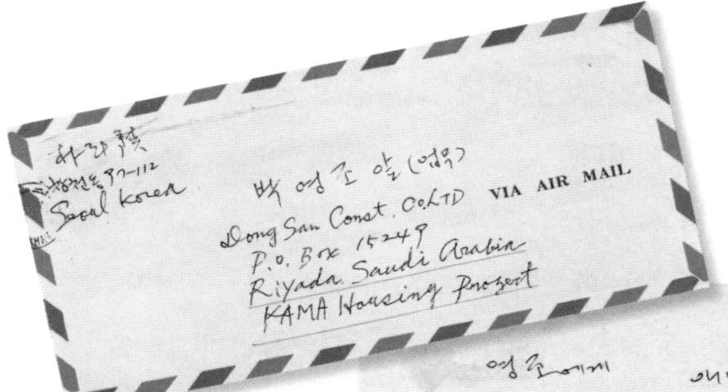


영조에게 애비가 83.8.8

## 영조에게

오래오래 기다리다가 만났어도 또 며칠 만에 떠나보내고 나니 어떻게 된 건지 감정과 시간의 균형을 잡을 수가 없다. 다시 임지로 네가 떠난 일자를 새삼스럽게 따져보니 지난달 30일인 것 같은데, 그동안이 또 아주 오래오래 된 것 같은 느낌이다.

거리감과 시간의 관념이 혼동이 되는 건지 마음에 너를 품고 있는 상태와 현실적으로 네가 우리와 떨어져 있는 거리 바로 그 현실이 또한 혼동이 되는 것인지 알 수가 없게 된다. 다시 떠난 지가 아주 오래된 것 같은 느낌은 무작정 그동안의 날짜는 도외시하고 네 편지 오기를 기다리고 있었기 때문인 듯도 하다.

줄잡아 10일은 걸려야 할 것인데 바로 3, 4일 전부터 네 편지를 기다리고 있는, 그래서 현주 어미한테 오늘 아침에도 "애비 편지 왔니? 안 왔니?" 하고 물었을 정도다. 그래서 네 편지를 받고 답장으로 소식을 전할까 하다가 내가 먼저 이렇게 쓴다.

잘 갔다는, 가는 중이라는 전화 소식 전해 들었으나 다시 그 뒤에 잘 있는지 궁금하다. 너도 오랫동안 또 간절하게 그리던 집에 와서 휘딱 지내고 간 터라 다시 마음 가라앉히기 힘들 줄 안다.

**박두진**

1916년 경기도 안성 출생. 호는 혜산. 1939년 〈문장〉으로 등단했다. 박목월, 조지훈과 함께 3인 합동 시집 『청록집』을 간행한 뒤 첫 개인 시집 『해』를 출간했다. 3·1문화상 예술상, 인촌상, 지용문학상, 외솔문학상 등을 수상했다. 연세대학교에서 정년퇴임한 후 단국대학교와 추계예술대학교에서 후학을 양성하다가 1998년에 작고했다. 저서로 『오도』 『당신의 사랑 앞에』 등이 있다.

언제나 주님의 각별하신 은총이 너와 함께하실 것을 믿고 기도하는 마음 아니면 그냥 정으로는 대단히 마음 산란하고 궁금하고 견디기 어려울 때가 많다.

현주, 문환 기침 기운은 그동안 의사 진료로 거의 다 나아서 약물 먹일 필요가 없을 정도라고 말한다니 참말 다행이다. 어미도 잘 있고 수시로 전화해온다. 여기 식구들도 다 잘 있고 영서네도 잘들 있다. 서울은 요새 보통 36도를 웃도는 더위에 습도가 높아서 특히 너의 어머니는 크게 곤욕을 치르며 지낸다. 어제 오늘 냉방장치가 돼 있는 봉원동 이웃네를 찾아 피서를 나가 지낸다. 다행히 나는 더위를 잘 이기는 체질이라 여전히 집에서 일에 열중하고 있다. 집의 '에어컨'이 제구실을 못하고 있어 영욱이 부부도 밤이면 옥상에 자주 오른다.

어제(8월 7일)는 하오 3시 25분 좀 지나서 갑자기 서울·인천·경기 지방에 정말 공습경보가 울려 잠깐 동안 막막한 시간을 보냈다. 다행히 30분쯤 바로 해제가 되어 다행이었으나 일체가 무로 돌아가는 결정적인 비극 앞에 우리가 노출되는 위험 아래 놓인다는 사실, 전쟁, 공습의 가공할 위협에 놓인다는 사실에 여러 착잡한 감회의 순간을 경험했다. 중공 미그21의 대만행 탈출임이 임박해졌다고 하나, 아직 더 자세한 내용은 모르는 중에 있다.

영욱 부부는 안성에 가 있었고, 너의 어머니는 피서 외출 중으로 누구네 집에 있는지 모르는 상태였고 나와 병분이만 있는 중이었던 때라 우선 공중 피습, 공중전의 양상이 퍼뜩 상상으로 그려지고 애기들 식구들 얼굴이 떠오르는데 그만해도 너는 여기에 있지 않은 것이 다행스럽게 여겨지는데 현주 어미와 영서의 전화가 잇달아 왔고 긴장하고 얼떨떨해하는 중에 경보가 해제된 것이었다. 스스로 저지르는 엄청난 죄악(전쟁) 앞에 얼마나 인류·인간이 무력한가, 그 중에도 '내'가 무력한가를 새삼스럽게 실감했다. 이제 남은 이달 한 달이 여름방학의 전부임을 생각하니 할 일이 너무 많아 아까우면서도 아쉬운 생각이다.

기쁨과 기도와 감사로 더욱 주 안에서 강건하고 복되고 승리스럽게 지내거라. 그렇게 너를 위해 애비도 빌겠다. 편지 기다린다. 자주 해라.

83. 8. 8. 낮

애비가

박두진 선생님은 가정적인 분이었다. 아동문학가인 부인과 아드님 세 분을 두셨는데, 그 한 분 한 분과 취미생활로 얽혀 있었다. 언제 뵈어도 얼굴에 순후淳厚한 빛이 가득한 사모님과는 문인으로서의 동질감 외에 서예로도 얽혀 있었다. 선생님이 부인에게 『논어』 글씨 체본을 써드린 것이 있는데, 얼마나 아름다운지 혼자 보기가 아까워서 빌려다가 전시한 일이 있다.

금슬이 좋은 조화로운 내외인데 선생님이 먼저 가셨다. 사모님이 아들과 사는 그 댁 응접실에, 선생님은 이제 커다란 초상화가 되어 앉아 계신다. 밖에서 안 좋은 일이 있거나 몸이 불편한 날은, 그 초상화를 보는 일을 감당할 수 없어 사모님은 그걸 외면하면서 방으로 들어가신단다. 가신 지 10여 년이 지나도 그 부재不在를 그렇게 절박하게 느끼며 사신다.

선생님 댁 재산 목록 1호는 산과 들을 헤집으며 찾아낸 수석水石들이다. 선생님의 수석은 자연을 닮은 형상이 아니라 추상적인 선을 자랑한다. 추상 조각 같은 돌들이 집 안과 마당을 메우고 있다. 그 돌들은 색상이 제가끔 특이하다.

그 색채의 아름다움을 너무 사랑하던 채집가 선생은

손님이 오면 바쁘셨다. 손녀 자랑을 못 참아 벌금을 내면서까지 해야 하는 할머니처럼, 선생님은 돌의 진면목을 알리기 위해 물뿌리개를 들고 다니셨다. 젖어야 제빛이 나, 당신이 물속에서 그 돌을 찾아내던 때의 기쁨이 전달될 것 같아서다.

돌을 찾아다닐 때의 파트너는 아들들이었다. 돌의 아름다움을 찾는 탐석探石놀이는 탐미耽美놀이기도 해서, 거기 동참한 아들들은 자식이면서 조수이고 파트너였다. 그래서 그 댁 부자간은 유별나게 공감대가 넓어 보였다.

선생님 댁에 가면 귀중품을 넣는 장롱에 들어 있는 것이 수석과 도자기 들이다. 선생님은 당신이 찾아낸 명품 수석들과, 당신이 글씨를 쓴 도자기 가운데 최상품을 응접실 3층장에 넣고 잠가놓으셨다. 그러다가 뜻이 맞는 손님에게만 보여주며 함께 즐기셨다.

예술가의 부富는 시정市井의 그것과 차원이 달라서, 나는 그 장롱 속의 명품들이 세상에서 가장 탐이 났다. 한번은 똥장군 모양의 작은 도자기를 보여주시는데 너무 욕심이 나서, 제게도 하나 구워주십사 하고 간곡히 부탁을 드렸는데……. 그 후 선생님은 얼마 못 가 돌아가셨다.

이 편지는 세 아들 중 한 명에게 보낸 것이다. 사우디아라비아에서 근무하던 아들이 휴가를 보내고 간 후 금세 또 보고 싶어서 "애비 편지 왔니?" 하고 자꾸 물으시는 시아버지 박두진. 줄잡아 열흘은 걸려야 할 건데, 편지가 오기 3, 4일 전부터 편지를 기다리는 아버지 박두진…….

편지가 올 때가 정해져 있는 것이 크로노스적 시간의 계율이라면, 떠나자마자 편지를 기다리는 것은 내면적인 시간의 율법이다. 결국 더 이상 기다릴 수 없어 당신이 먼저 쓴 편지가 여기 있다.

# 네 얼굴이
# 해쓱해서 걱정이다

시인 김상옥이
딸 훈정에게

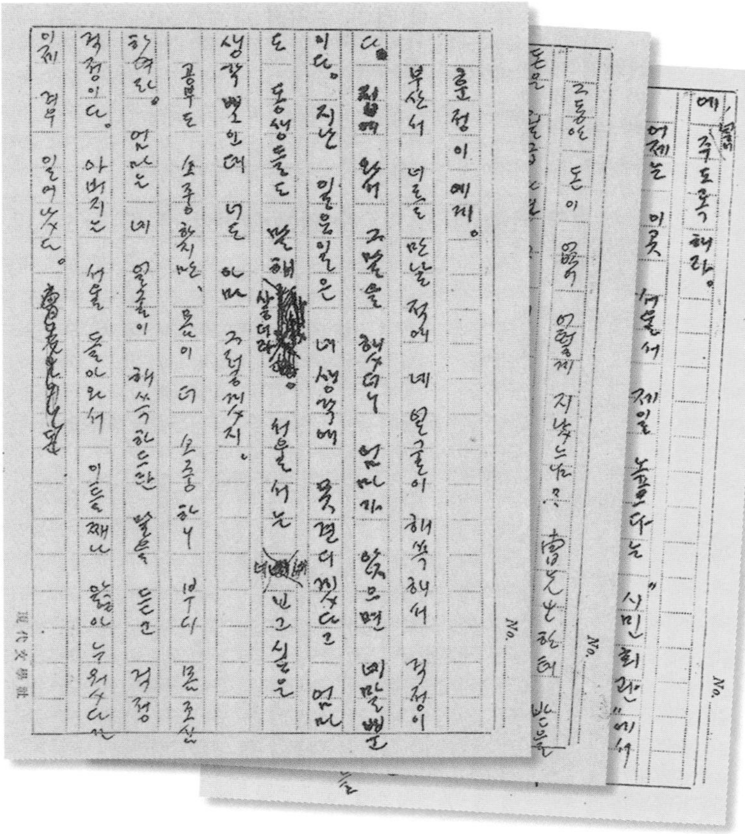

훈정이에게

부산서 너를 만날 적에 네 얼굴이 해쓱해서 걱정이다. 집에 와서 그 말을 했더니 엄마가 앉으면 네 말뿐이다. 지난 일요일은 네 생각에 못 견디겠다고 엄마도 동생들도 말해쌓더라. 서울서는 보고 싶은 생각뿐인데 너도 아마 그렇겠지.

공부도 소중하지만, 몸이 더 소중하니 부디 몸조심하여라. 엄마는 네 얼굴이 해쓱하더란 말을 듣고 걱정 걱정이다. 아버지는 서울 돌아와서 이틀째나 앓아누웠다가 이제 겨우 일어났다.

그동안 돈이 없어 어떻게 지냈느냐? 조 선생한테 받을 돈은 월급 타면 꼭 네한테 주겠다고 했다. 그리고 따로 일금 오천 원은 너희 학교 교장 선생(유치환) 이름으로 보내었다. 네 도장이 없어 찾지 못할 것을 염려하여 교장 선생께 보냈으니 교장 선생이 너를 부르거든 찾아가거라. 그러면 돈을 현금으로 바꿔줄 것이다.

말하지 아니해도 집에 돈이 없는 줄, 네가 더 잘 알 것이니 부디 아껴 써라. 그리고 이 돈으로 우선 급한 데부터 먼저 쓰도록 해라. 그중에 일천오백 원은 '근포'네 집에 엄마 '다노모시'(계돈) 넣던 것이 있으니 이 달 삼십일께에 넣어주도록 해라.

**김상옥**

1920년 경남 통영 출생. 호는 초정. 1938년 〈문장〉 〈동아일보〉 등에 시·시조·동시가 추천·당선되어 문단에 데뷔했다. 1947년 첫 시조집 『초적』을 출간했으며, 노산시조문학상과 중앙시조대상, 가람시조문학상 등을 수상했다. 2004년 향년 85세로 작고했다. 저서로 『촉촉한 눈길』 『눈길 한번 닿으면』 등이 있다.

어제는 이곳 서울서 제일 높다는 '시민회관'에서 음악, 무용, 이조 궁중의복 발표회가 있었다. 할머니와 엄마를 데리고 구경갔댔다. 엄마는 몇 번이나 네 생각하여 같이 보지 못하는 것을 애석해했다. 할머니는 그저 황홀해서 넋을 잃고 있었다.

홍우는 공부 열심히 한다. 얼마 안 있으면 1등 한다고 큰소리하고 있다. 그런데 아버지가 돈이 없으니 그의 뒤를 충분히 돌봐줄 수 없는 것이 안타깝다. 그동안 상상 외로 돈이 많이 소비가 나서 큰 걱정이다. 그러나 아버지 몸만 건강하면 좋겠으나 건강이 염려된다. 훈아도 몸살을 해서 얼굴이 해쓱하다. 그래도 학교는 결석하지 않고 매일 잘 다닌다. 성적은 아주 형편없다. 말 잘 듣고 공부도 힘써 하고 있다.

이 편지 받거든 곧 회답하여라. 회답할 때 봉투에 '김상옥 아버지께' — 이렇게 쓰면 남이 흉을 본다. 네가 아버지한테 편지 낼 때는 '김훈정본제입납金薰庭本第入納'이라 쓰는 것이다. 그러나 아직 배달부가 잘 모를 터이니 그만 '김상옥 귀하'라 써도 무방하다. 그리고 뒷봉투에는 '여식女息 훈정薰庭 올림'이라 쓰면 남이 보아도 흉보지 않는다. 이만.

아버지가

초정艸丁 김상옥 선생에게는 큰딸 훈정 씨에게 구두를 사주는 이야기를 쓴 시가 있다. 명동에 불러내서 구두를 사주었더니 아이는 신이 나서 뒤도 안 돌아보고 가버리는데, 그 뒷모습을 아버지는 오래오래 지켜보는 이야기다.

초정 선생이 딸을 객지에 보내고 쓴 이 편지에도 그런 잔정이 구석구석에 스며 있다. 우선은 건강 걱정이다. 부산에서 만났을 때 안색이 창백했던 것이 마음에 걸려 애를 졸이는 아버지의 모습이 나타나 있다. "공부도 소중하지만, 몸이 더 소중하니 부디 몸조심하여라" 하는 당부가 간곡하다.

그 다음은 돈 문제가 나온다. 그중에서도 눈에 띄는 것은 교장 선생님에게 송금했다는 대목이다. 그 교장 선생님은 문우文友인 유치환 선생이다. 그런 분이 가까이 계셨으니 아버지도 딸도 마음이 든든했으리라.

돈의 용도 중에 재미있는 것은 어머니가 들었다는 '다노모시'다. '믿음직스럽다'라는 뜻의 일본어인데 일제 강점기에는 계契를 그렇게 불렀다. 해방이 된 뒤에도 일본어의 잔재는 구석구석 남아서 1960년대까지도 지방에서는 이처럼 통용되었다. 없는 돈을 애써 마련해 보내면서 시인 아버지는 절약의 미덕을 훈수하는 것도 잊지 않는다.

다음에는 가족의 근황이 자세하게 나온다. 그리고 마지막으로 자기 집에 편지 쓸 때에는 "金薰庭本第入納"이라고 쓰는 것이 옳다는 말이 나온다. 하지만 배달부가 잘 모를 터이니 "김상옥 귀하"라고 써도 된다는 말까지 덧붙였다. 이때 훈정 씨는 "김상옥 아버지께"라고 썼던 것이다. 육체적, 경제적 염려와 더불어 글쓰기에 대한 훈수까지 하는 자상한 시인 아버지다.

그 지나친 다감함이 문제였다. 너무 예민하고 섬세했던 시인 아버지는, 강한 개성 때문에 이따금 자녀들과 부딪쳤단다. 한번은 훈정 씨가 아버지와 함께 골동품상에 갔는데, 자기가 골라놓은 골동품을 아버지가 내놓으라고 해서 승강이를 벌인 일이 있었다 한다. 그것만 해도 화가 나 미치겠는데, 아버지의 언사가 좋지 않았다.

"이런 건 너 따위가 가질 물건이 아니야!"

기분이 좋은 날 아끼던 골동품을 딸에게 주었다가 화가 나면 도로 찾아가기도 했다는 시인 아버지……. 그렇게 기복이 많은 관계여서 훈정 씨는 아버지에 대한 집착이 유별나다. 1주기 때 영인문학관에서 〈김상옥 시인 유품·유묵전遺墨展〉을 하는데, 사방을 뒤져서 소장자를 찾아내는 정성이 갸륵했다. 하지만 그녀보다 더 열심인 것은 사위인 김성익 교수였다.

초정 선생님은 사위를 아주 잘 두었다. 김 교수가 너무나 성심껏 전시회를 준비해 감동받았다. 어느 아들이 저러할까 싶게 종이쪽지 하나라도 보물처럼 다루고, 지푸라기 하나라도 더 보태서 전시회를 조금이라도 낫게 하려고 애쓰는 모습이 아름다웠다.

피가 섞이지 않아도 혈족이 되는 비결은 예술을 통한 공감일 것이다.

# 둘이 사진을 박을까 하니 그리 준비를 하여라

시인 박용철이
여동생 봉자에게

봉자 보아라
네 글은 바다 읽어잇다 네가 생각하고 잇는
것도 대강 엿볼수 잇고 네 글 쓴것도 전보
다는 별마간 나어진것갓다 나는 이것을 그
대로 고치세가 어려워 새만으로 맨드럿다
될수잇는대로 너의 본뜻을 상하지 안이하
려 하엿스나 네가 애써 맨드러쓴 말이라던
지 修辭는 다 다라나고 졸가리만 남엇
다 또는 너의듯 少女時代에 잇는 感激
나生이다 사라젓다 이것은 앗가운 일이
나마 내가 고처지을면 피할수 업는 일
이다 정 앗가우면 네 글 쏫한도 막을

봉자, 보아라.

네 글은 받아 읽었다. 네가 생각하고 있는 것도 대강 엿볼 수 있고 네 글 쓴 것도 전보다는 얼마간 나아진 것 같다. 나는 이것을 그대로 고치기가 어려워 새판으로 만들었다. 될 수 있는 대로 너의 본뜻을 상하지 않게 하려고 하였으나 네가 애써 만들어 쓴 말이라든지 수사는 다 달아나고 줄거리만 남았다. 쓰는 너의 소녀시대에 있는 감격성이 다 사라졌다. 이것은 아까운 일이지만 내가 고쳐 쓰면 피할 수 없는 일이다. 정 아까우면 네 글 끝 한 토막을 내가 지은 끝에다 붙여 달아도 무방하겠다.

자세한 이야기는 학교로 가서 보고 말하겠지만 너는 행복이란 말을 일부러 피한 것같이 내 눈에 보인다. 물론 사람은 마땅히, 더욱이나 이 시대에 태어난 우리로서 자기 스스로의 행복만을 위해서 살아서는 안 될 것이나, 그러나 민족이나 나라만을 위하여 헌신하기도 어려운 일이다. 그것이 한 비상 시기, 가령 전쟁이나 민족적 격렬한 투쟁기에 있어서는 불가능한 일은 아니리라마는 길게 두고 개인생활에 낙이 없으면 전 생활의 추진력을 잃어버리고 정체에 빠져 아무 일도 못하는 위험이 있으니(여기 예외가 없다는 것은

**박용철**

1904년 전남 광산 출생. 호는 용아. 1930년 김영랑과 함께 〈시문학〉을 창간하여 시 「떠나가는 배」 등을 발표하면서 본격적으로 활동했다. 1931년 〈문예월간〉을, 1934년 〈문학〉을 잇달아 발간하여, 당시 계급문학의 이데올로기와 모더니즘의 경박한 기교에 반발하며 문학의 순수성 추구를 표방했다. 이후 시 창작보다는 번역에 주력했으며 평론가로도 활약했다. 1938년 작고했으며 1939년 『박용철 전집』이 간행되었다.

아니라) 작문 말단은 이상以上의 의미로 내가 집어넣은 것이다. 잘 생각해보아라.

일기도 치워지고* 서울에서 지낼 별 재미도 없어 (일월 말에나) 집에 가서 겨울이나 지내고 올까 한다. 이번 토요일에는 나오겠지(그 안에 만나보겠지마는). 둘이 사진을 하나 박을까 하니 그리 준비를 하여라. 될 수 있으면 검정 옷으로.

늦어, 미안하다.

11. 23

오빠 씀

* 추워지고

오빠가 동생에게 보낸 이 편지에서는 우선 문학교사로서의 오빠의 역할이 눈에 띈다. 동생의 글을 수정해주면서 잘못을 지적해주는 손길이 자상하다.

그 다음은 인생 선배로서의 역할이다. 식민지 시대를 같이 살면서, 민족이나 나라를 위한 헌신도 중요하지만 개인의 행복을 추구하는 것이 죄가 되는 것은 아니니 그쪽을 향한 노력도 하라는 따뜻한 충고다. 형제가 많으면 이렇게 언니나 오빠가 인생의 '멘토' 역할을 한다. 대가족 제도의 좋은 점이다.

마지막에 가서 재미있는 제안이 나온다. 둘이 사진관에 가서 사진을 한번 '박자'는 것이다. 아마도 1930년대에 쓰였을 것 같은 이 편지는, 여자도 서울에 유학 보내는 모던한 풍습과, 오빠에게 남존여비의 냄새가 나지 않는 점이 주목을 끈다. 이미 모던걸은 희귀종이 아닌 시기인 것 같다. 그러면서 가족들이 모여서 마그네슘을 터뜨리며 사진을 찍는 일이 유행이던 그 시기의 풍속도가, 서울로 유학까지 온 지식인 남매에게도 만연해 있었다는 사실이 흥미롭다.

# 주여 내 아들을 세우사

시인 주요한이
아들 동설에게

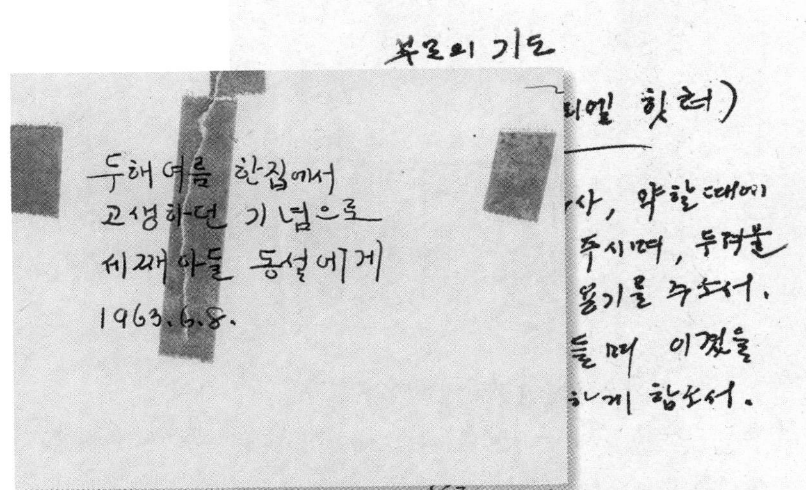
두해여름 한집에서
고생하던 기념으로
세째아들 동설에게
1963.6.8.

부모의 기도
(…더글라스 맥아더)

…사, 약할때에
…주시며, 두려울
…용기를 주소서.
…들때 이겼을
…하게 합소서.

주여 내 아들을 기르사, 안일하고
향락하는 길로 들지 않게 하시고
곤난을 싸워 이기는 자가
되게하시며, 광풍속에 혼자
설수있고 넘어지는 자를
혜가되는 사람이 되게 합소서

부모의 기도
(가브리엘 힛터)

주여 내 아들을 세우사, 약할 때에 약한 줄을 아는 힘을 주시며, 두려울 때에 꿋꿋이 서는 용기를 주소서. 패할 적에 고개를 들며 이겼을 적에 겸손하며 온순하게 합소서.

주여 내 아들을 길르사, 안일하고 향락하는 길로 들지 말게 하시고 곤란을 싸워서 이기는 자가 되게 하시며, 광풍 속에 혼자 설 수 있고 넘어지는 자를 헤아리는 사람이 되게 합소서.

두 해 여름 한집에서 고생하던 기념으로
셋째 아들 동설에게
1963. 6. 8
주요한

**주요한**
1900년 평양 출생. 호는 송아. 1919년 〈학우〉 창간호에 시를 발표했고, 곧이어 〈창조〉 창간호에 「불놀이」 등을 발표했다. 1919년 5월 임시정부 기관지 〈독립신문〉 기자가 되어 '송아지' '목신牧神' 등의 필명으로 민족의식을 고취하는 작품을 발표했다. 1924년 첫 시집 『아름다운 새벽』을 냈고, 귀국하여 〈동아일보〉 편집국장과 논설위원, 〈조선일보〉 편집국장을 역임하는 등 언론인으로도 활약했다.

주요한 선생님은 출중한 자녀를 많이 둔 다복한 분이다. 아들 넷 딸 넷 도합 여덟인데 모두 자기 분야에서 우뚝 서 있다. 선생님은 그 많은 자녀들에게 가브리엘 히터의 「부모의 기도」를 써주기를 좋아하셨다. 아이마다 이름을 따로 쓴 똑같은 기도문 편지들이 여러 통 남아 있다. 이런 편지를 받는 것은 시인의 자녀만이 누릴 수 있는 축복이 아닐까?

히터의 기도문은 부모들이 자녀에게 해주고 싶은 말이 다 담겨 있는 아름다운 축원祝願이다. "패할 적에 고개를 들며 이겼을 적에 겸손하며 온순하게 합소서" 하는 대목도 좋고, "광풍 속에 혼자 설 수 있고, 넘어지는 자를 헤아리는 사람이 되게 하소서" 하는 대목도 참 좋다. 목사님의 아들로 태어나 최초의 자유시를 쓴 시인이 시적 감수성으로 선택한 이 기도문은 보탤 것도 뺄 것도 없는 절창絶唱이다.

이 편지를 받은 셋째 아들 동설 씨는 외모가 아버지를 많이 닮았는데, 〈주요한 전展〉을 할 때 와서 자신이 외국 갈 때 공항에 나온 아버지가 하던 충고를 들려줘 좌중을 웃겼다.

"체네* 아 배게 하지 말라우."

1979년 초 선생님 댁에 가 뵌 일이 있다. 학생들과 문인

필적 전시회를 열려고 육필을 받으러 간 것이다. 그해가 선생님의 마지막 해여서 자리에 누워 계셨는데, 노안이 맑고 정갈했다. 중학교 1학년 국어 교과서에 실렸던 선생님의 시 「봄비」의 한 대목을 써주십사 부탁을 했더니, 기억이 나지 않는다고 하셔서 불러드린 일이 있다.

밤에 오는 빗소리를 "몰래 지껄이는 병아리같이"라고 표현한 대목과 "오늘은 이 어두운 밤을 비가 옵니다"의 "을"이 특히 잘 됐다고 대학 때 양주동 선생님이 극찬하신 시다. 그런데 선생님은 이제 자신의 시를 기억하지 못하셨고, 기운이 없어 글씨도 겨우 써서 비뚤배뚤했다. 그 글씨가 마지막이 되었다. 얼마 뒤 선생님은 돌아가셨다.

나도 이제는 늙어 그때의 선생님과 비슷한 연배가 되었다. 나잇값을 하느라고 넉 달째 다리가 아파 비틀거리며 다니면서, 자주 히터의 「부모의 기도」를 생각한다. 그리고 주요한 선생님을……. 평생을 대나무처럼 반듯하고 곧게 살다 가신 그 천재적인 선인先人을…….

* '처녀'의 평안도 방언

# 접시 하나에라도 마음을 붙이고

시인 김광균이
며느리 민성기에게

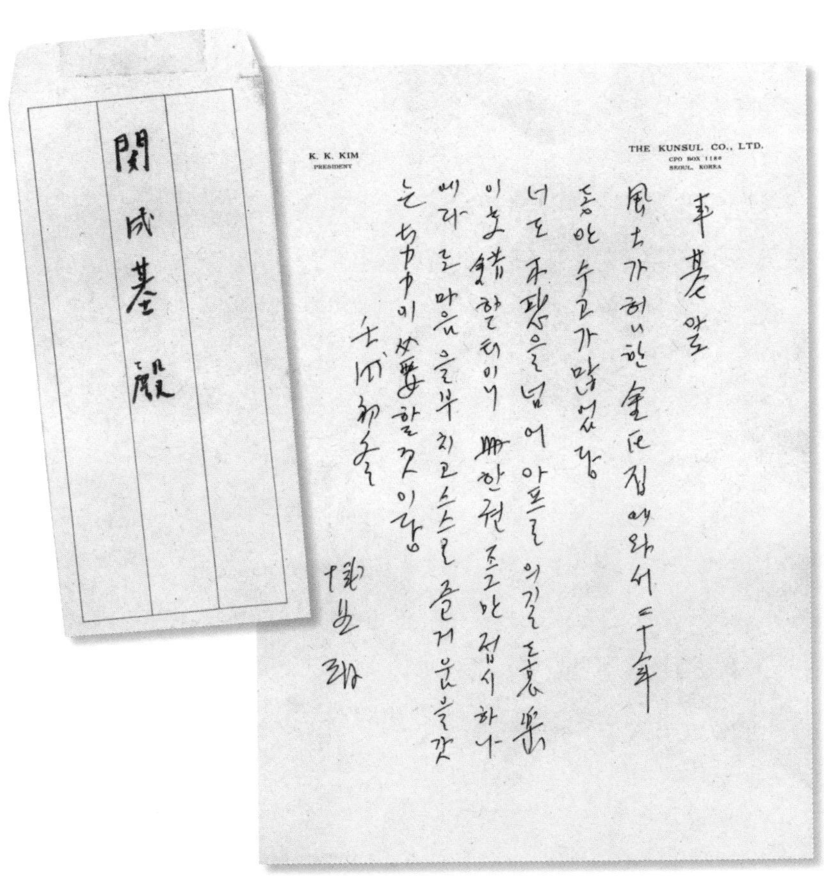

閔成基 殿

K. K. KIM
PRESIDENT

THE KUNSUL CO., LTD.
CPO BOX 1180
SEOUL, KOREA

成基 앞

風古가 허니한 金氏집에와서 二十年
동안 수고가 많았다
너도 不惑을 넘어 아프로 의길도
이 交錯할 터이니 冊한권 조그만 접시 하나
에라도 마음을 부치고 스스로 즐거움을 갖
는 努力이 必要할 것이다

壬戌 初冬

성기 앞

풍토風土가 험한 김씨 집에 와서 20년 동안 수고가 많았다.

너도 불혹을 넘어 앞으로의 길도 애락哀樂이 교차할 터이니 책 한 권 조그만 접시 하나에라도 마음을 붙이고 스스로 즐거움을 갖는 노력이 필요할 것이다.

임술초동壬戌初冬*
성북동

* 임술년(1982년) 초겨울

**김광균**

1914년 개성 출생. 호는 우두. 중학 시절인 1926년 〈중외일보〉에 「가신 누님」을 발표했고, 이어 〈조선일보〉 〈동아일보〉 등에 시를 발표했다. 1935년 〈조선중앙일보〉에 시를 발표하면서 본격적인 작품 활동을 시작했다. 1936년 서정주, 오장환 등과 더불어 '시인부락' 동인으로 참여했고, 1939년 첫 시집 『와사등』을 발간했다. 정지용, 김기림 등과 함께 모더니즘 시인에 속한다. 시집으로 『기항지』 『황혼가』 등이 있다.

시어른이 며느리에게 보낸 편지다. 시집온 지 20여 년이 된 며느리인데 "성기 앞"이라고 쓰셨다. 개성 있는 인간으로 자부를 대접하는 분위기가 감지된다.

며느리에게 자신의 집을 "풍토가 험한 김씨 집"이라 평한 대목도 재미있다. 섬세하고 까다로운 인물이 많은 집안이라는 뜻이리라. 개성 출신인 선생님 댁은 음식 범절이 유별나기로 소문이 나 있다. 선생님은 또 전용專用 편지지와 봉투를 만들어 쓰는 한량이시다. 의식주를 고루 소중히 여기고 즐기는 문화적인 집안이라 할 수 있다.

그런 집 주부는 힘이 든다. 매사를 맺고 끊듯이 깔끔하게 처리해야 하기 때문이다. 그 속에서 20년이나 살아온 며느리의 고충을 이 한마디로 쓰다듬고 있다. 불혹이 넘었으니 이제 스스로 즐거움을 갖는 자신의 일거리를 찾아보라는 권고가 감동스럽다.

전통적인 한국 가정에서는 가족끼리 상대방을 인간으로 대접하고 정신적인 대화를 나누기가 어렵다. 아들은 아들대로 '재하자유구무언在下者有口無言'의 원칙을 지켜야 하고, 아버지는 아버지대로 어른의 '도리'에 얽매여 있어, 혈족끼리도 진솔하게 자기를 내보이기 어렵다. 타성받이*에게는 더 말할 필요도 없다. 시어른은 근엄해야 하는 역할에 매몰되고, 시어머니는 시집 '시媤' 자에 적합한 행동을 하느라고 긴장하여, 인간으로서의 교류가 차단되기 쉽다.

이 편지의 시어른은 그런 면에서 참 예외적이다. 당신 가정의 단점을 헤아리고 며느리를 한 인간으로 이해하면서 "스스로 즐거움을" 갖도록 격려하신다. "성기 앞"이라는 다정한 부름으로 시작되는 편지를 시어른께 받으면, 모든 며느리들은 민 여사처럼 그 어른을 존경하고 사랑하게 되리라. 말 한마디에 천 냥 빚을 갚는다는 속담이 있다. 모든 집 어른들이 이따금 며느리에게 이런 편지를 써주면 좋겠다는 생각이 든다.

대여섯 줄의 짧은 글 속에 이렇게 많은 것을 담는 능력이 「와사등」의 시인답다. 1930년대에 빛나는 시를 쓴 모더니즘의 기수 김광균……. 그분의 아름다운 시구가 아직도 귓가를 맴돈다.

차단—한 등불이 하나 비인 하늘에 걸려 있다

* 며느리나 사위처럼 성姓이 다른 가족

내 호올로 어딜 가라는 슬픈 신호냐

긴―여름 해 황망히 나래를 접고
찬란한 야경 무성한 잡초인 양 헝클어진 채
사념 벙어리 되어 입을 다물다
―「와사등」에서

그런데 손자에게 보낸 편지는 판이하다. 수학여행을 갈 때 적어주신 것 같은 편지를 보면 여행지에서 조심할 사항을 적은 솜씨가 현실적이고 꼼꼼하다.

1. 혼자 외출하지 말 것.
2. 돈은 나누어 간수할 것.
3. 되도록 영어를 쓸 것.
4. 방문을 잠글 것.
5. 길을 잃으면 숙소로 돌아갈 것.
6. 약속 시간보다 이르게 갈 것.
7. 수상한 사람이 있으면 선생님께 알릴 것.
8. 여권은 늘 같은 곳에 둘 것.

9. 몸이 안 좋으면 방에서 쉴 것.

이 글을 쓴 분은 시인이 아니라 사업가다. 상고를 나온 김광균 선생님은 20대에는 시로 문명을 날렸지만 40대에는 사업가로 일가를 이루셨다. 그 다른 면이 두 편지에 나타나 있어 재미있다.

# 당신의 따뜻한 우정 고마웠오

# 마치 걸음마를 배우듯이

소설가 박완서가
시인 이해인에게

THE KENSINGTON STARS HOTEL 217-120

'민들레의 영토' 출간 30주년을
축하, 축하 합니다.

박완서

THE KENSINGTON STARS HOTEL

이해인 수녀님

오늘 아침 8시에 눈을 뜨고 이 편지를 씁니다. 어제 행사후 일행들과 술을 마신다는 게 새벽 두시까지 마셨으니 이틀에 걸친 과음을 한 셈입니다. 여기 올때 집에 있는 예쁜 카드를 가지고 오는 걸 잊어 호텔방에 있는 편지지를 펼치고 축하인사를 쓰려니 카드보다 지면이 넓어 수다를 떨것 같은 예감이 듭니다. 민들레의 영토가 출간된지 30년이 됐다는 소식에 접하면서 제가 수녀님을 알고지낸지 몇년이나 되었나 새삼스럽게 꼽아보니 어쩔수 없이 그 힘들었던 88년이 기점이 되는군요. 88년을 생각하면 지다가도 '아-' 소리가 나올적이 있을만큼 아직도 생생하고 예리하게 가슴이 아픕니다. 그러나 수녀님이 가까이 계시어 분도수녀원으로 저를 인도해 주신것은 그래도 살아보라는 하느님의 뜻이 아니었을까, 늘 생각하고 있습니다. 그때 저는 하느님은 과연 계실까, 죽은후에 영혼의 갈곳이 있기나 있나, 죽으면 먼저 간 사람을 만날수 있을까? 온통 사후세계 저 하늘나라 일에만 가 있었습니다. 그런 저에게 수녀님의 존재, 수녀님의 문학은 제가 이 지상에 속해 있다는 걸 가르쳐 주었습니다. 죽어서 어떻게 될지는 죽어 보면 알게 아니냐, 땅을 보아라, 땅에서 가장 작은 것부터 민들레를, 제비꽃을, 봄까치꽃을… 마치 걸음마를 배우듯이 가장 미소한 것의 아름다움에서 기쁨을 느끼는 법을 배웠습니다. 제가 지상에 속했고, 예리 착하고 아름다운 분들과 동행할수 있는 기쁨을 저에게 가르쳐 준 수녀님

감사합니다!!

106-1 Somk-Dong, Sokcho, Kangwon-Do, 217-120, Korea. Phone(033)635-4001, Fax(033)635-4011
Seoul Office:19-8 Changjeon-Dong, Mapo-Gu, Seoul, 121-751, Korea. Phone(02)323-7781~3, Fax(02)325-6787, Reservation(02)323-7781~3
강원도 속초시 설악동 106-1 / 서울사무소:서울시 마포구 창전동 19-8
http://www.kensington.co.kr / e-mail:kensington@kensington.co.kr

2005. 11. 12

이해인 수녀님

오늘 아침 8시에 눈을 뜨고 이 편지를 씁니다. 어제 행사 후 일행들과 술을 마신다는 게 새벽 두 시까지 마셨으니 이틀에 걸친 과음을 한 셈입니다. 여기 올 때 집에 있는 예쁜 카드를 가지고 오는 걸 잊어 호텔방에 있는 편지지를 펼치고 축하인사를 쓰려니 카드보다 지면이 넓어 수다를 떨 것 같은 예감이 듭니다. 『민들레의 영토』가 출간된 지 30년이 됐다는 소식에 접하면서 제가 수녀님을 알고 지낸 지 몇 년이나 되었나 새삼스럽게 꼽아보니 어쩔 수 없이 그 힘들었던 88년이 기점이 되는군요. 88년을 생각하면 자다가도 '아' 소리가 나올 적이 있을 만큼 아직도 생생하고 예리하게 가슴이 아픕니다. 그러나 수녀님이 가까이 계시어 분도수녀원으로 저를 인도해주신 것은 그래도 살아보라는 하느님의 뜻이 아니었을까, 늘 생각하고 있습니다. 그때 저는 하느님은 과연 계실까, 죽은 후에 영혼이 갈 곳이 있기나 있나, 죽으면 먼저 간 사람을 만날 수 있을까? 온통 사후세계 저 하늘나라 일에만 가 있었습니다.

그런 저에게 수녀님의 존재, 수녀님의 문학은 제가 이 지상에 속해 있다는 걸 가르쳐주셨습니다. 죽어서 어떻게 될지는 죽어보면 알 게 아니냐, 땅을 보아라, 땅에서 가장 작은 것부터 민들레를, 제비꽃을, 봄까치꽃을……. 마치 걸

**박완서**
1931년 경기도 개풍 출생. 서울대학교 국문과에 입학했으나 전쟁으로 중퇴했다. 1970년 마흔이 되던 해에 〈여성동아〉 여류 장편소설 공모에 『나목』이 당선되어 등단했다. 한국문학작가상, 이상문학상, 현대문학상, 동인문학상, 황순원문학상 등을 수상했다. 2011년 작고했다. 저서로 『엄마의 말뚝』 『아주 오래된 농담』 『못 가본 길이 더 아름답다』 등이 있다.

음마를 배우듯이 가장 미소한 것의 아름다움에서 기쁨을 느끼는 법을 배웠습니다. 제가 지상에 속했고, 여러 착하고 아름다운 분들과 동행할 수 있는 기쁨을 저에게 가르쳐준 수녀님 감사합니다!!

2005. 11. 12

**이해인**

1945년 강원도 양구 출생. 1964년 수녀원에 입회했으며 필리핀 성루이스대학 영문과, 서강대학교 대학원 종교학과를 졸업했다. 새싹문학상, 여성동아대상 등을 수상했다. 저서로 『민들레의 영토』 『오늘은 내가 반달로 떠도』 『사랑할 땐 별이 되고』 『기쁨이 열리는 창』 『희망은 깨어 있네』 등이 있다.

강원도의 호텔에서 이해인 수녀님께 보낸 편지다. 이 시인의『민들레의 영토』출간 30년이 된 것을 축하하기 위해 글을 쓰면서, 완서 선생님은 두 사람의 첫 만남을 더듬는다. 그러다가 고통스럽던 1988년의 기억과 만난다. 올림픽으로 전국이 축제 분위기에 휩싸여 있던 그해에 박 선생님은 남편과 아들을 잃었다. "88년을 생각하면 자다가도 '아' 소리가 나올" 것 같다고 선생님은 적고 있다.

'원태'라는 이름을 가진 선생님의 아들을 나도 본 일이 있다. 전신이 원광을 쓴 것처럼 젊은 기운에 휘감겨 빛을 발하던 훤칠하고 명민하고 발랄한 피조물……. 그 사랑스러운 아이가 레지던트를 하다가 삽시간에 사라졌다.

이해인 시인이 다가와 박 선생님의 손을 잡아준 것은 그때다. 분도수녀원에 데리고 가서 해인 수녀님은 자식을 잃고 쓰러져가는 니오베*를 붙잡아 일으킨다.

"수녀님의 문학은 제가 이 지상에 속해 있다는 걸 가르쳐주셨습니다"라고 완서 선생님은 그때를 회고한다. "가장

* Niobe, 그리스신화에 나오는 테베 왕 암피온의 왕비. 자식을 잃고 상심하여 슬픔으로 날을 보내다가 돌이 되었는데, 돌에서도 계속하여 눈물이 흘렀다고 한다.

미소한 것의 아름다움에서 기쁨을 느끼는 법"을 그녀의 문학에서 배우면서 많은 위로를 받았다는 이 말은 『민들레의 영토』 30주년을 기리는 따뜻한 헌사獻辭다.

완서 선생님이 가셨다. 그분을 잃은 애통 속에서 해인 수녀님이 이 편지를 보내왔다. 그리움으로 그 이름을 소리쳐 부르는 초혼招魂의 행사처럼, 이 편지는 우리 모두에게 '박완서'라는 이름을 다시 한 번 부르게 할 계기가 될 것이다.

# 문득 선배님 생각이 났습니다

시인 고정희가
시인 신달자에게

저는 그간 외로움 속에서
시흥 일관 들리러 나아 있다 돌아왔지요.
시골서 올라온 친구가 편히 묵고 갈
방 한 칸 없는 저로서는
저보다 훨씬 잘사는 선배님께 그 친구를
돌려드리고 돌아왔읍니다.
느슨한 뒷방을 이제는 물려
외로움은 귀가길을 하염없이 젖어내렸읍니다.
그러면서도 이제 제 에너지라는 것을 생각하구
위안을 얻었읍니다.
결국 우리는 우리가 편한 방식으로
서로 다른 성을 구축하며 살아갈 거라 생각하며
왜일까요? 그 때문이 외롭고 고달픕니다.
요즘은 너무너무 바쁘시겠지요?
그러드라도 틈을 보기 좋은 찻길에서
가을이 가기 전에 우리 茶 한잔 나누며 어떨까요?
제가 茶를 살께요. 문화방송국 부근의
난다랑에서 뵐께요. 그럼 안녕.
82. 11. 3
정희 올림

1 가을편지

신 선배님께

보내주신 아름다운 산문집을 받고
너무 고마워 벅찬 기쁨에 젖었읍니다.
詩人은 모름지기 글에는 능해야 한다고 누군가 말했읍니다만
요즈음 작가들은 詩集에 비길 바 아닌 선배님 산문의 표현
그 고독과 우수 어린 방랑을 직감하면서 마음은 위안과
부러움을 느꼈읍니다. 다시 한번 축하드립니다.

지금은 아주 늦은 밤입니다.
뒤뜰에서 돌아와 불을 끄고 누웠다가 다시 일어났읍니다.
문득 선배님 생각이 났기 때문입니다.
달 멀구다가 다방장이 늦어지면 안되겠기에 이밤
선배님과 대화를 나누고 싶어서입니다.
오늘밤 저는 많은 쓸쓸함을 안고 귀가했읍니다.
선배님은 더욱 잘 아시겠지만 평소에
친하다고 생각하는 여러 사람이 마주 앉아도
사실은 울고 싶도록 고독할 순간 같을 거 있지요.
꼭 쥐어야 할 때는 주어지지 않고
알려도 되는 자리에 떨구기로 주어지는 그런 人情같은 거
말입니다.

## 가을 편지
### — 신 선배님께

보내주신 아름다운 산문집을 받고 너무 크고 벅찬 기쁨에 젖었습니다.

시인은 모름지기 글에는 능해야 한다고 누군가 말했습니다만 어줍잖은 시집에 비길 바 아닌 선배님 산문의 편편 그 고독과 우수 어린 방랑을 직감하면서 많은 위안과 부러움을 느꼈습니다. 다시 한 번 축하드립니다.

지금은 아주 늦은 밤입니다. 외출에서 돌아와 불을 끄고 누웠다가 다시 일어났습니다. 문득 선배님 생각이 났기 때문입니다. 또 미루다가 답장이 늦어지면 안 되겠기에 이 밤 선배님과 대화를 나누고 싶어서입니다.

오늘 밤 저는 많은 쓸쓸함을 안고 귀가했습니다. 선배님은 더욱 잘 아시겠지만 평소에 친하다고 생각하는 여러 사람이 마주 앉아도 사실은 울고 싶도록 고독한 소외감 같은 거 있지요. 꼭 그것이 필요할 때는 주어지지 않고 안 줘도 되는 자리에만 무더기로 주어지는 그런 인정人情 같은 거 말입니다.

저는 그런 외로움 속에서 시종일관 들러리로 앉아 있다 돌아왔지요. 시골서 올라온 친구가 편히 묵고 갈 방 한 칸 없는 저로서는 저보다 훨씬 잘 사는 선배님께 그 친구를 돌

**고정희**

1948년 전남 해남 출생. 한국신학대학교를 졸업한 뒤 1975년 〈현대문학〉으로 문단에 데뷔했다. 교수, 잡지사 기자 등을 거쳐 〈또 하나의 문화〉 창간 동인, 〈여성신문〉 초대 편집주간을 역임했다. 1991년 지리산 등반 도중 실족하여 44세에 작고했다. 저서로 『초혼제』 『아름다운 사람 하나』 『모든 사라지는 것들은 뒤에 여백을 남긴다』 등이 있다.

려드리고 돌아왔습니다.

느슨한 빗방울이 제 눈물처럼 외로운 귀갓길을 하염없이 젖어 내렸습니다. 그러면서도 이게 제 에너지라는 것을 생각하고 위안을 얻었습니다.

결국 우리는 우리가 편한 방식으로 서로 다른 성을 구축하며 살아갈 거라 생각하면 왜일까요? 그 다름이 외롭고 고달픕니다. 요즘은 너무너무 바쁘시겠죠?

그렇더라도 분위기 좋은 찻집에서 가을이 가기 전에 우리 차 한잔 나누면 어떨까요? 제가 차를 살게요. 문화방송국 부근의 난다랑에서 말예요. 그럼 안녕.

82. 11. 3
정희 올림

**신달자**

1943년 경남 거창 출생. 숙명여자대학교와 대학원을 졸업했다. 평택대학교 국문과 교수, 명지전문대학교 문예창작과 교수를 역임했다. 1964년 〈여상〉 여류신인문학상을 받으며 등단했으며, 1972년 〈현대문학〉에 시를 게재하면서 본격적인 창작 활동을 시작했다. 대한민국문학상, 시와시학상, 한국시인협회상 등을 수상하였다. 저서로 『백치 애인』『나는 마흔에 생의 걸음마를 배웠다』 등이 있다.

고정희 씨의 '가을 편지'는 산문인데 보고 있으면 시를 보는 것 같은 느낌이 든다. 실개천의 맑은 물처럼 고운 결을 이루면서 잔잔히 흘러내리는 글발들이 적당히 흐트러져 자연스럽다. 세로쓰기가 가로쓰기보다 아름답다는 것을 실감하게 하는 글이다.

거기에는 신달자 씨의 새로 나온 산문집에 대한 감상이 적혀 있다.

"어줍잖은 시에 비길 바 아닌 선배님 산문의 편편 그 고독과 우수 어린 방랑을 직감하면서 많은 위안과 부러움을 느꼈습니다."

시인이 보내는 산문에 대한 예찬이다. 넘치지 않는 칭찬과 정겨운 축하의 말들이 진국이다. 그 축하의 말이 끝나자 자신의 내면의 풍경을 드러내 보인다.

"오늘 밤 저는 많은 쓸쓸함을 안고 귀가했습니다. (…) 평소에 친하다고 생각하는 여러 사람이 마주 앉아도 사실은 울고 싶도록 고독한 소외감 같은 거 있지요."

그리고 불필요할 때만 주어지는 인정의 어긋남 같은 것에 대하여 "선배님과 대화를 나누고" 싶다는 이야기가 나온다.

가을이 가기 전 분위기 좋은 찻집에서 만나자는 제안으로 이 편지는 끝난다. 시인이 쓴 편지답게 내면 묘사가 절실하여, 신 선생이 아니라도 감동을 받을 대목이 많다.

산에 갔다가 불의의 사고로 이승을 떠난 정희 씨를 나는 한 번도 만난 일이 없다. 하지만 편지가 남아 있다. 그녀가 떠난 것을 가슴 아파하는 선배 시인이 이 편지를 문학관에 기증했다. 되도록 많은 사람이 이 세상에 없는 한 시인의 내면의 아름다움을 기리게 하기 위함이었으리라.

고정희 씨는 이제 누구와도 분위기 좋은 찻집에서 정담을 나눌 수 없다는 사실이 새삼스럽게 가슴 아프다. 죽음에도 정년제 같은 것이 있었으면 좋겠다. 이제는 모든 것을 다 받아들일 수 있다고 생각하는 노년에 이르렀는데, 아직도 용납할 수 없는 것이 있다. 그건 젊어서 죽는 죽음이다.

# 나를 대구로 데려가 주

시인 노천명이
소설가 최정희에게

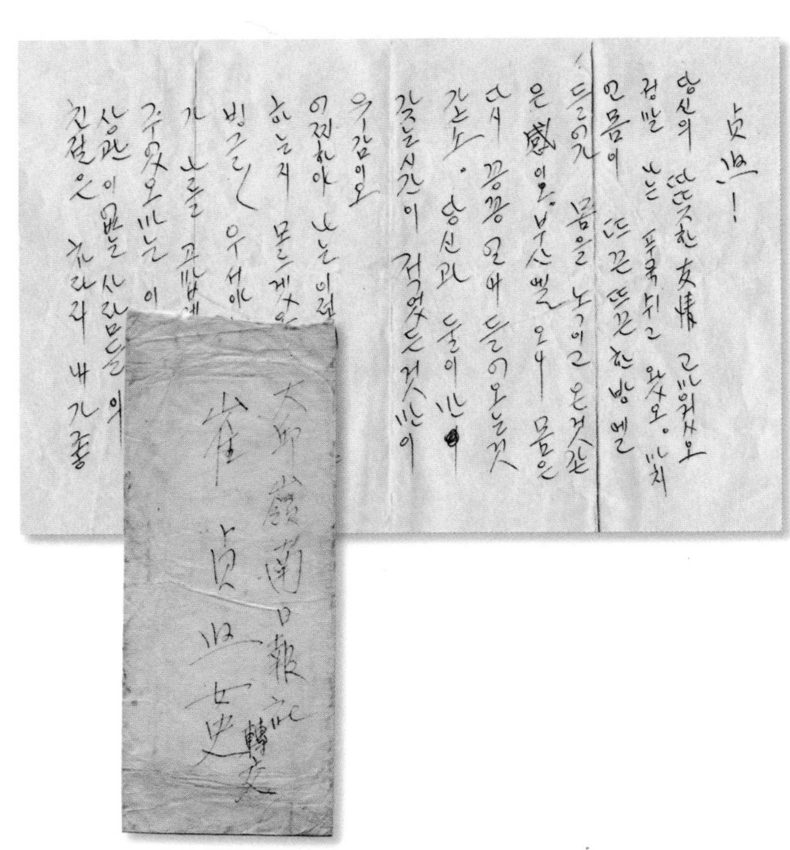

貞姬!
당신의 따뜻한 友情 그리워서오
정말 나는 푸욱 쉬고 왔오. 나처
런 몸에 뜨끈뜨끈한 방 에를
드러가 몸을 노기고 온것 같
은 感이오. 부산 벌 오니 몸은
다시 꽁꽁 얼어 들어오는 것
같소. 당신과 둘이 산
갔든 시간이 꿈엇든것 만이
우감이오
어쩌하야 나는 이런
하는지 모르게
빙그레 우서
가 나를 고발
구해오는 이
상관이 없는 사람들의
친절은 귀찮아 내가 좋

大邱 嶺南日報社 轉交
崔貞姬 女史

정희!

당신의 따뜻한 우정 고마웠오. 정말 나는 푸욱 쉬고 왔오. 마치 언 몸이 뜨끈뜨끈한 방엘 들어가 몸을 녹이고 온 것 같은 감感이오. 부산엘 오니 몸은 다시 꽁꽁 얼어 들어오는 것 같소. 당신과 둘이만 갖는 시간이 적었던 것만이 유감이오.

어찌하야 나는 이렇게 외로워야 하는지 모르겠오! 동행한 빙글빙글 웃어야 했던 신사가 나를 고맙게 잘 모셔는 주었소마는 이런 나와 아무 상관이 없는 사람들의 친절은 차라리 내가 좋아하는 사람의 매만도 못하다는 것을 당신은 알 게요.

마음을 진정하고 이제부터는 작품을 살 작정이오. 최인욱 씨가 오늘은 또 몇 차례나 토키*와 사진이 맞지 않았는지 구상은 몇 번이나 악을 쓰고 대들었는지— 모두 다 그리워졌소. 너무 구박을 해서 후회가 되오. 간 데마다 그 말을 좀 못하게 해요, 응.

부탁이야. 나를 대구로 데려가 주. 나는 아직 금강다방엘 안 나갔어. 웅크리고 앉아서 직업적 원고를 써서 주는 이 순간 내 마음은 대구로 자꾸만 달린다. 한 사람도, 그래

* 유성 영화

**노천명**

1911년 황해도 장연에서 태어나 이화여전(현 이화여자대학교) 영문과를 졸업했다. 〈조선중앙일보〉〈매일신보〉 기자로 활동했고, 1935년 〈시원〉에 게재된 「내 청춘의 배는」으로 등단했다. 한국전쟁 당시 부역 혐의로 20년 징역형을 언도받았으나 김광섭, 이헌구의 노력으로 6개월 만에 출감했다. 1957년 작고했으며, 시집으로 『산호림』과 『별을 쳐다보며』가 있다.

**최정희**

1912년 함경남도 단천 출생. 호는 담인. 1930년 일본에서 유치진, 김동원 등과 함께 학생극예술좌에 참가했고, 1931년 〈삼천리〉에 「정당한 스파이」를 발표하면서 작품 활동을 시작했다. 한국여류문학인협회장, 예술원 회원 등을 역임했으며, 서울시문화상, 3·1문화상 등을 수상했다. 1990년 작고했다. 주요 작품으로 「흉가」 「정적일순」 『인간사』 「탑돌이」 등이 있다.

정말이지 한 사람도 내 맘을 붙드는 인간이 여기는 없다.

참, 여보. 빙글빙글 웃는 사람이 당신과 연애 좀 하게 해 달란다. 어때, 편지해라. 황 여사에게 안부 전해주. 훗날 또 쓸게— 오늘은 내가 우울하오. 밖엔 바람이 몹시 부오.

모윤숙, 노천명, 최정희……. 이 세 분은 1930년대 여성 문단의 단짝 문인들이다. 제가끔 직업을 가지고 있어 경제적으로 자립할 수 있었던 데다가, 당시에는 얽매이지 않은 싱글이었기 때문에 아무 때나 맞붙어 지낼 수 있었다. 그런 여건이 그들의 일상을 너무 밀착시켰다.

그런데 전쟁으로 인해 그들은 서로를 볼 수 없게 되었다. 사정에 따라 각각 다른 도시로 피난을 간 것이다. 부산에 임시정부가 들어섰던 1950년대 초, 노천명 시인은 부산에 있었다. 부산에는 직장도 있었다. 최인욱, 구상 등과 같이 일하는 직장이다. 그런데도 대구에 있는 최정희 씨에게 다녀온 노 시인이 떼를 쓴다.

"나를 대구로 데려가 주."

전황戰況이 유동적인 때여서 부산은 대구보다 안전했다. 그런데도 노천명 시인은 대구에 가고 싶어 안달이 나 있다. 최정희 씨 때문이다. 대구에서 둘이 같이 지낸 시간은 "마치 언 몸이 뜨끈뜨끈한 방엘 들어가 몸을 녹이고 온 것 같은 느낌"이다. 그 반대의 극에 부산이 놓여 있다. "여기에는 정말이지 한 사람도 내 맘을 붙드는 인간이 없다"는 것이 천명 시인의 말씀이다.

최 여사는 가족이 있었지만 노 시인은 혼자였다. 성격도 최 여사보다 까다롭고 비사교적이어서, 그 고독의 심도가 더 깊었던 것 같다.

그 고독이 성격적 요인에서 온다는 것을 스스로 시인하는 시가 있다.

삼 온스의 살만 더 있어도 무척 생색나게 내 얼굴에 쓸 데가 있는 것을 잘 알건만 무디지 못한 성격과는 타협하기가 어렵다.

—「자화상」에서

"오늘은 내가 우울하오. 밖엔 바람이 몹시 부오."

편지는 이렇게 끝난다. "나를 대구로 데려가 주" 하는 말이 또 나올 것 같은 분위기다.

전쟁은 가족만 흩어지게 한 것이 아니다. 친구들도 이렇게 이산離散시킨다. "정희!" 아니면 "여보"라고 부르던 극진한 사이의 친구들이 흩어져, 서로를 부르고 있는 목소리가 애절하다.

# 아기가 그새 많이 자랐겠지

시인 김남조가
시인 신달자에게

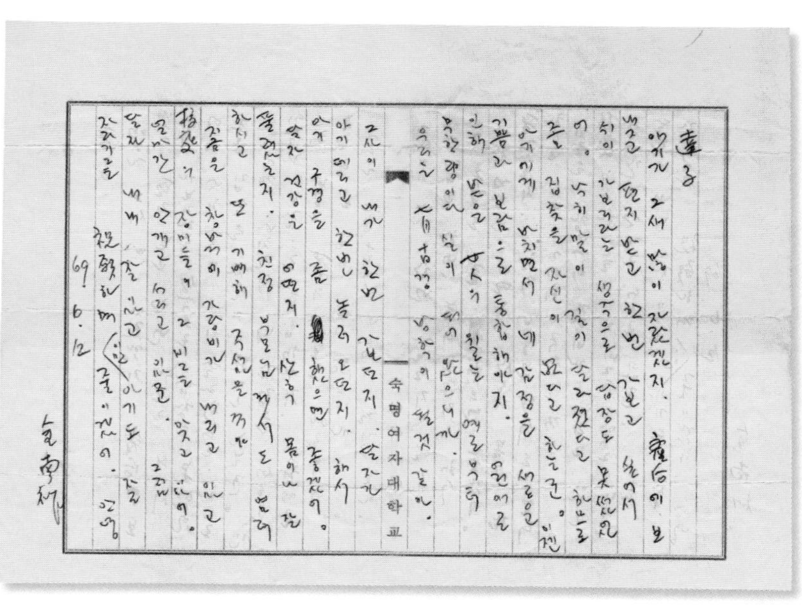

達子
아기가 그새 많이 자랐겠지. 寢台에 보
내준 편지 받고 한번 가보고 싶어서
속이 가보려는 생각으로 심장도 못썼어
에. 누히 말이 길이 살려졌다고 하므로
즐 집 찾을 자신이 없다고 하는군. 이젠
아기에게 바치면서 네 감정을 새롭은
기쁨과 보람으로 통합해야지. 온전히로
인해 받을 女人의 힘을 여러 부두
부한 량이 실게 세에 있으니까.
우리는 女子 슴겸. 몽학이 쓸 것 같아.
그새 내가 한번 가보도지. 숙자가
아기 데리고 한번 놀러 오도지. 해서
아가 구경을 좀 했으면 좋겠어.
숙자 건강은 어떠지. 산후 몸이 잘
풀렸는지. 친정 부모님께서도 별러
하시고 또 기뻐해 주셨을 꺼야.
집을 창밖에 가랑비가 내리고 있고
접꽃가 장미들과 그 비를 맞고 있어.
올 나간 안개고 쓰러고 있죠. 그럼
날짜 내내 잘 있고 아기도 잘
잘 자라길 祝福할때 (빌) 줄이겠어. 안녕
69. 6. 12
金南祚

숙명여자대학교

달자

아기가 그새 많이 자랐겠지. 산후에 보내준 편지 받고 한번 가보고 싶어서 쉬이 가보리라는 생각으로 답장도 못 썼었어. 낙히* 말이 길이 달라졌다고 하므로 좀 집 찾을 자신이 없다고 하는군. 이젠 아기에게 바치면서 네 감정을 새로운 기쁨과 보람으로 통합해야지. 어린애로 인해 받은 여인의 위로는 예로부터 무한량이다시피 되어왔으니까.

우리는 7월 10일경 방학이 될 것 같아. 그사이 내가 한번 가보든지, 달자가 아기 데리고 한번 놀러 오든지 해서 아기 구경을 좀 했으면 좋겠어.

달자 건강은 어떤지, 산후 몸이나 잘 풀렸는지 친정 부모님께서도 염려하시고 또 기뻐해주셨을 거야.

지금은 창밖에 가랑비가 내리고 있고 교정의 장미들이 그 비를 맞고 있어. 얼마간 안개도 서리고 있군. 그럼 달자 내내 잘 있고 아기도 잘 자라기를 기원하며 이만 줄이겠어.

안녕.

69. 6. 12

김남조

**김남조**

1927년 경북 대구 출생. 서울대학교 사범대학 국문과를 졸업했다. 1950년 〈연합신문〉에 시를 발표해 등단했다. 숙명여자대학교 교수, 한국시인협회와 한국여성문학인회 회장을 역임했으며, 한국시인협회상, 서울시문화상, 대한민국문화예술상 등을 받았다. 현재 숙명여자대학교 명예교수로 있다. 시집으로 『목숨』 『사랑초서』 『사랑의 말』 등이 있다.

**신달자**

1943년 경남 거창 출생. 숙명여자대학교와 대학원을 졸업했다. 평택대학교 국문과 교수, 명지전문대학교 문예창작과 교수를 역임했다. 1964년 〈여상〉 여류신인문학상을 받으며 등단했으며, 1972년 〈현대문학〉에 시를 게재하면서 본격적인 창작 활동을 시작했다. 대한민국문학상, 시와시학상, 한국시인협회상 등을 수상하였다. 저서로 『백치 애인』 『나는 마흔에 생의 걸음마를 배웠다』 등이 있다.

* 성낙희 숙명여자대학교 교수. 김남조 선생의 제자이자 신달자 시인의 친구

남조 선생님은 1927년생인데, 1954년부터 숙명여자대학교에 계셨다. 40년 가까이 이 학교에 재직하면서 시인 제자를 참 많이 기르셨다. 제자 사랑이 유별나 졸업 문제, 취직 문제 같은 것을 고루 살피시던 선생은 시인 제자들의 등단 문제까지 돌보시고 출판도 알선하신다. 그냥 스승이 아니다. 선생님은 그들에게 학교와 문단 이중의 스승이고 어머니며 멘토다.

그렇게 살뜰하게 돌보니 선생님 주위는 늘 숙대 군단 문인들이 에워싸고 있다. 제자들도 선생님에게서 받은 사랑을 저버리지 않았다. 당신이 넘어져서 다리를 크게 다치셨을 때나, 부군인 김세중 선생님이 돌아가셨을 때, 제자들은 정성으로 선생님을 돌보았다. 퇴직한 지 수십 년이 되는 지금까지도, 다리가 불편한 선생님 주변에는 차를 가지고 모시러 오는 제자가 끊이지 않는다.

신달자 씨는 숙대 군단 문인들의 한복판에 서 있다. 그녀에게 있어 남조 선생님은 지도교수이고 문단의 대모이며, 직장을 알선해준 은인, 산후를 걱정해주는 어머니다. 육친처럼 끈질긴 끈으로 엮여 있는 스승과 제자…….

이 편지는 "달자" 하고 시작된다. 연인에게 보내는 부름

소리처럼 정감 어린 어조다. '달자'가 아기를 낳고 쉬고 있을 때, 남조 선생님은 그 바쁜 시간을 쪼개어 "달자" 하고 부르고 있다. 풀타임으로 대학에서 강의하던 선생님은 당신 아이만 넷이나 된다. 자신의 일만 해도 머리가 터지게 복잡할 상황이다.

늘 문단의 중심에 계셨으니 그쪽 일은 또 얼마나 많았겠는가? 시집과 수필집을 연거푸 출판하는 베스트셀러 작가이자 시인협회 회장에, 문학강연의 톱 강사였으니, 당신 아이들을 들여다볼 시간도 모자랄 지경이었을 것이다. 그런데 선생님은 '달자' 아이에게도 문안을 한다. 그리고 제자가 어머니가 되었음을 축수한다.

"이젠 아기에게 바치면서 네 감정을 새로운 기쁨과 보람으로 통합해야지. 어린애로 인해 받은 여인의 위로는 예로부터 무한량이다시피 되어왔으니까."

마지막으로 곧 방학이 된다는 소식과 교정의 풍경을 전한다.

"창밖에 가랑비가 내리고 있고 교정의 장미들이 그 비를 맞고 있어. 얼마간 안개도 서리고 있군."

사랑의 보유량은 사람마다 부피가 다른 것 같다. 남조

선생님은 평생 사랑 노래를 바치는 절대적인 남성상을 안고 살면서, 너무나 많은 다른 사람들도 그 품에 보듬으신다. 아픈 다리를 끌고 지방에 있는 문인들까지 돌보느라고 팔순이 넘은 선생님은 쉬지 못한다. 너무 먼 곳에는 가지 마시라고 하면, "이 세상에 태어나 시를 쓰는 것을 업으로 삼는 사람들이 너무 이뻐서" 안 갈 수가 없단다.

빈집에 혼자 남아 몸이 많이 아픈 밤이면, "하느님, 제가 아무래도 오늘 임종할 것 같습니다"라고 신에게 신고한다면서 웃으시던 선생님을 참 오래 못 뵈었다. 오늘 밤에는 나도 "달자" 하고 시작되는 그런 편지를 받아보고 싶다.

# 어제야 따님을 만났습니다

시인 이하윤이
시인 김광섭에게

이산怡山 형

반도호텔 앞에서 전송을 받은 지 한 달이 넘는 어제야 영애令愛*를 Paris에서 만났습니다.

그동안 저는 화란和蘭**에서 영국으로, 영국에서 백이의白耳義***로 왔다가 제5차 국제시의격년대회에 참석하고(7~11) 지훈과 함께 지난 13일에 Bruxelles에서 Paris로 비래飛來하여, 어제 아침에 진옥 양 근무처로 괘전掛電****하여 연락을 취하고 오후 7시경에 내방하였기에 부산 '자유의 나무' 이래— 참 오래간만에 반갑게 만나보았습니다.

처음 Paris에 왔을 때 여러 가지 어려운 점이 있었던 모양이나 지금은 UNESCO의 일을 보면서 건강하게 잘 있는 것 같습니다. 중국집에서 식사를 함께하고 오늘 낮에 다시 만나기로 하였습니다. 사무 시간 중엔 틈을 얻기 어려운 모양입니다. 인형, 담뱃갑, 서책, 잡지(7~8월 호) 모두 전했습니다. 저는 20일경 North Polar 편으로 동경을 경유하여 9월 말경에 귀국하겠습니다.

아직 한 5, 6일간 Paris에서 좀 쉬다가 동경에 가서 역시

* 따님
** 네덜란드
*** 벨기에
**** 전화

**이하윤**

1906년 강원도 이천 출생. 호는 연포. 1926년 시 「잃어버린 무덤」을 발표했으며, 해외문학연구회의 핵심 멤버로서 활동했다. 〈중외일보〉 〈동아일보〉 기자 등을 지냈으며, 광복 후에는 동국대학교와 서울대학교 교수, 유네스코아시아회의와 펜클럽, 국제비교문학협회 회장 등을 역임했다. 〈시문학〉 〈문예월간〉 〈문학〉 등에도 참여했고, 특히 〈문예월간〉을 주재했다. 1974년 작고했다. 저서로 『물레방아』 『현대서정시선』 등이 있다.

며칠 있을까 하는데, 확실한 일정은 오늘 비행기 예약과 동경 도착 이후에 작정될 것 같습니다. London에서 일차 이화여대로 소천***** 형에게 편지한 바 있는데 그때 소식 들으셨을 줄 믿습니다. 오늘도 여러 분에게 각장各狀****** 드리지 못하오니 형께서 안부 전해주셨으면 고맙겠습니다.

9월 15일

연포蓮圃 재배再拜

**김광섭**

1905년 경성 출생. 호는 이산. 와세다대학교 영문과를 졸업했다. 〈해외문학〉 동인으로 활동하는 한편, 고요한 서정과 냉철한 지성에 시대적 고뇌와 저항이 융화된 시를 써서 주목받았다. 해방을 맞아 문화계, 언론계, 학계 등에서 왕성한 활동을 펼쳤으며 서울시문화상, 대한민국문화예술상, 국민훈장 모란장, 예술원상을 수상했다. 1977년 작고했다. 저서로 『동경』 『마음』 『성북동 비둘기』 등이 있다.

***** 문학평론가 이헌구의 호

****** 따로

이하윤 선생이 국제대회에 참석하러 가는 길에 파리에 있는 김 시인의 따님에게 아버지가 보낸 물건을 전해주고 그녀의 근황을 알리는 편지다. 반도호텔이 있던 시기였으니 아마 1960~1970년대의 일이 아니었을까. 날짜는 있는데 연도가 안 쓰여 있다.

우리나라 편지를 보면 날짜에 무관심한 경우가 많다. 연도는 날짜보다 더 심하다. 그래서 쓰인 연대를 추정하기가 어렵다. 일본도 마찬가지다. 서양에서는 그런 일이 드물다. 프랑스인들은 날짜를 쓰고 나서 편지를 쓰기 시작하며, 미국에서는 본인도 연도를 명기하지만, 우체국에서도 뒷면에 스탬프를 한 번 더 찍어 날짜를 확인해준다.

여러 나라를 경유하는 여행길에 남의 짐을 가져다주는 것은 아주 어려운 일이다. 그 사실 하나만으로도 두 문인의 친밀도를 가늠할 수 있는데, 파리에서 이하윤 선생은 김 시인의 딸을 여러 번 만난다. 객지에 딸을 보낸 친구에 대한 배려가 아주 깊다.

짐의 목록이 재미있다. 담뱃갑과 인형이 책과 함께 들어 있다. 받는 사람의 취향과 연령을 알 수 있는 요긴한 정보다.

흥미로운 것은 문장이다. '和蘭' '白耳義' 같은 어휘들이

'Bruxelles' 'Paris' 식의 표기법과 병용되었다. 서구의 지명에 대한 일본식 표기법이 원어와 섞여 있어, 글쓴이가 일제 강점기에 서구문화를 받아들인 인물임을 알 수 있다.

이하윤 선생과 김광섭 선생은 일본에서 영문학을 전공한 분들이라 그건 납득이 간다. 그런데 문투에 서당문화의 잔재가 너무 짙게 남아 있다. '飛來' '掛電' '各狀' 같은 말은 요즘 젊은 세대에게는 주註를 달아주어야 할 단어들이다.

해방이 되고도 한참이 지난 시기에 'polar flight'로 국제 비엔날레에 다녀오는 영문학 교수의 문장이 이렇게 고색창연한 것은, 한국 근대화의 속도가 너무나 가팔랐음을 증언해준다. 서당에서 한문을 공부하고 나서 일본에서 서구문학을 공부한 것이 1930년대 외국 문학자들의 면학 프로세스다. 그러니 한문학과 영문학이 일본문화의 스펙트럼 안에 혼재할 수밖에 없다.

불과 반세기 동안에 문장이 엄청나게 바뀌었다. 고도성장은 문학에서도 이루어진 셈이다.

# 혼자 다니는 여행은 모래알을 씹듯 재미없습니다

수필가 전숙희가
시인 김남조에게

3. 22日

남조씨.

좋은 여행 마치고 이제쯤은 돌아왔을것으로 알고 두어자 씁니다. 경자 편지에 3月中旬경 東京서 만날수 있으면 좋겠다는 이야기도 들었으나 도저히 대어 갈수 없어 마음만 가고 못갔읍니다.

남조씨랑 실컷 이야기 하고 함께 다니는것 더 즐거웠을것을 혼자 다니는 여행은 너무나 외롭고 모래알을 씹듯 재미 없읍니다.

부호가 자학 하는 기분으로 고독과 피로를 참고 다녔읍니다만은 이제 지쳐서 속히 귀국 하렵니다. 돌아가서 지난 이야기랑 두고 두고 나눕시다.

고국이 별게 아니고 따뜻한 우정을 주는 사람들이 있는곳 — 그것인가 봅니다.
아무리 화려한 세상엘 가도 한국만은 못하군요.

위스콘신에서 田淑禧

남조 씨

좋은 여행 마치고 이제쯤은 돌아왔을 것으로 알고 두어 자 씁니다. 경자 편지에 3월 중순경 동경서 만날 수 있으면 좋겠다는 이야기는 들었으나 도저히 대어* 갈 수 없어 마음만 가고 못 갔습니다.

남조 씨랑 실컷 이야기하고 함께 다니는 것이 더 즐거웠을 것을 혼자 다니는 여행은 너무나 외롭고 모래알을 씹듯 재미없습니다.

뭔가 자학하는 기분으로 고독과 피로를 참고 다닙니다마는 인제 지쳐서 속히 귀국하렵니다. 동경서 지난 이야기랑 두고두고 나눕시다.

고국이 별게 아니고 따뜻한 우정을 주는 사람들이 있는 곳— 그것인가 봅니다. 아무리 화려한 세상엘 가도 한국만은 못하군요.

떠난 길이니 기 쓰고 다녀 얻은 것도 많지만 실상 남조 씨랑 일본이나 다녀왔더라면 몸도 이렇게 피로하지 않고 마음도 즐거웠을 것을 하고 종종 후회도 해봅니다.

김세중 선생님께 각장 축하드리려 합니다. 남조 씨께도 축하드립니다. 뉴욕에서 소식 듣고 즉시 편지하고 싶었으나

**전숙희**

1919년 함경남도에서 태어나 이화여전을 졸업한 후 1938년 〈여성〉에 단편소설로 등단했다. 그 뒤로는 수필 집필에 전념하여 1954년 수필집 『탕자蕩子의 변』을 출간했다. 1983년부터 1991년까지 국제펜클럽 한국본부 회장을 역임했으며 제3회 유관순상을 수상했다. 2010년 작고했다. 저서로 『삶을 즐거워라』 『사랑이 그녀를 쏘았다』 등이 있다.

* 시간에 맞춰

일본여행에서 돌아오신 다음 한다고 늦었습니다. 진심으로 기쁩니다.

나는 Calif**와 동경 들러(2일간만) 쉬이 귀국하겠습니다. 만날 날을 고대해 그만둡니다.

3월 22일 위스콘신에서
전숙희

**김남조**

1927년 경북 대구 출생. 서울대학교 사범대학 국문과를 졸업했다. 1950년 〈연합신문〉에 시를 발표해 등단했다. 숙명여자대학교 교수. 한국시인협회와 한국여성문학인회 회장을 역임했으며, 한국시인협회상, 서울시문화상, 대한민국문화예술상 등을 받았다. 현재 숙명여자대학교 명예교수로 있다. 시집으로 『목숨』 『사랑초서』 『사랑의 말』 등이 있다.

** 캘리포니아

전 선생님과 김 선생님은 우애가 유별난 자매 같다. 두 분은 문단의 모든 행사에 늘 같이 다닌다. 쇼핑, 살림, 병원 가기 같은 일상적 일에서도 두 분은 가깝다. 남조 선생님이 다리를 다친 곳도 전 선생님 댁 아파트의 포치*였다. 같이 주문한 세배 손님용 음식을 가지러 가다가, 누가 차를 닦다 물을 흘려 생긴 얼음에 미끄러지셨다.

그 후 남조 선생님은 여러 번 다리 수술을 하셨고, 지금도 한쪽 다리가 계속 안 좋으시다. 남조 선생님이 다리가 아프니 전 선생님은 자기 차의 상석을 늘 그분에게 양보한다. 그런 자상한 배려를 서로 아끼지 않는 자매 같은 사이…….

위스콘신에서 보낸 이 편지는, 어쩌다가 따로 여행하였을 때 전 선생님이 쓴 것이다.

"남조 씨랑 실컷 이야기하고 함께 다니는 것이 더 즐거웠을 것을. 혼자 다니는 여행은 너무나 외롭고 모래알을 씹듯 재미없습니다. 뭔가 자학하는 기분으로 고독과 피로를 참고 다닙니다마는 인제 지쳐서 속히 귀국하렵니다."

* porch, 건물 입구에 지붕이 얹혀 있고 흔히 벽이 둘러진 현관

같이 있으면 늘 웃음이 끊이지 않는 사이인데 혼자 있는 것을 못 견뎌 하는 심정이 절실하게 나타나 있다. 그러다가 "고국"이 무언가 했더니 "우정을 주는 사람들이 있는 곳"이라고 결론을 내린다. '당신이 있는 곳이 곧 내 조국'이라고 고백하는 것이다.

최근 몇 년 동안 전 선생님은 외출을 하지 않았다. 깔끔하고 멋쟁이인 선생님은 자신의 초라해진 모습을 남에게 보이고 싶지 않아 사람을 피했다. 그 큰 키에 체중이 36킬로그램까지 줄었다니…… 짐작이 가지 않았다.

작년 봄에 남조 선생님이, 전 여사가 외로워한다고 좀 위로해드리라 하셨다. 그래서 전 선생님께 애장품을 보내주시면 전시하겠다고 말씀드렸더니, 힘이 드는데도 열심히 챙겨 보내셨다. 그러고는 전시 기간 중에 그걸 한번 보러 오고 싶다고 하셨다. "쉬는 날에 몰래 가면 되지 않을까" 하셨는데, 두 달 뒤 장례위원장을 누구로 하면 좋겠느냐는 남조 선생님의 전화가 이어령 선생에게 왔다. 그래서 선생님의 애장품 진열장에는 "삼가 명복을 빕니다"라는 표지판이 붙게 되었다.

전 선생님이 외출을 하지 않자 남조 선생님은 짝 잃은

거위가 되었다. 몸이 불편하니 언제나 누군가가 옆에 있기는 하다. 그런데도 남조 선생님이 혼자인 것 같은 느낌을 받는 것은 전 선생님의 부재 때문이다.

자매가 없는 사람들은 이렇게 타인과 자매가 되어 산다. 그분들은 정신적으로 혈족이기 때문에 친자매보다 더 유대가 강했다.

# 경희야!
# 언제 한번 만나자

독문학자 전혜린이
동창 박경희에게

Auguste Renoir (1841-1919)
DAS EHEPAAR SISLEY
Köln, Wallraf-Richartz-Museum

Printed in Germany

경희야!

추석 잘 지냈니?

책 정말로 고맙다. 언제 한번 만나자.

동생한테 뭐 쓰라고 했다고……. 퍽 좋아하더라.

사촌언니는 4월 4일에 가족과 함께 도미渡美했어. 2년 기간이래. New York이라 물가가 제일 비싸다고 비명이야.

그럼 또. Au revoir.*

Herin

**전혜린**

1934년 평안남도 순천 출생. 서울대학교 법과대 재학 중 독일에 유학. 뮌헨대학교 독문과를 졸업했다. 귀국 후에는 서울대학교 법대와 이화여자대학교 강사, 성균관대학교 교수를 역임했다. 1965년 자살로 인생을 마감했다. 사후에 출판된 저서로 『이 모든 괴로움을 또다시』 『그리고 아무 말도 하지 않았다』 등이 있다.

* 또 봐, 안녕.

내가 고등학생이던 시절에는 친구끼리 편지를 자주 했다. 요즘 사춘기의 아이들이 시시각각 변하는 심정을 수시로 문자 메시지로 보내듯이, 1950년대 고등학생들은 그 일을 편지로 대신했다.

전혜린도 그런 학생 가운데 하나였다. 그녀의 편지질은 유명했다. 종일 붙어 다니는 배동순에게 하루에도 몇 번씩 편지를 쓴다는 소문이 있었다. 박경희도 혜린에게서 편지를 많이 받은 동기 가운데 하나다.

그러나 여기 남은 엽서는 재학 중에 쓴 것이 아니다. 고등학생의 편지는 실용성과는 무관하다. 변덕스럽게 변하는 자신의 내면을 누군가에게 알리고 싶어 그렇게 열심히 편지질을 하기 때문이다.

이 엽서는 다르다. 경희가 〈여성동아〉 기자로 있던 1960년대에 혜린이 독일 유학을 마치고 귀국한 후의 것인데, 어른의 엽서답게 인사치레가 들어 있다. 기자였던 경희가 불문학자인 혜린의 동생 전채린 교수에게 글을 부탁하자 고맙다는 말을 하려고 쓴 것이다.

전혜린……. 그녀는 경기여고라는 공립학교가 배출한 가장 파격적인 '예외자'였던 것 같다. 어쩌면 20세기의 한국이 배출한 가장 파격적인 여자였는지도 모른다. 그녀는 천재였고, 천재답게 요절하여 신화로 남았다.

그녀가 쓴 글들이 워낙 상식적이지 않으니 사람들은 그녀의 인품도 그렇게 파격적인 줄 아는데, 다행히도 아니다. 혜린이는 친구에게 조그만 신세를 져도 반드시 인사를 하는 고지식한 면도 가지고 있었다. 서울에서 자랐고 공립학교에서 교육을 받은 그녀는, 그 테두리에서 완전히 벗어나지는 못한 것이다. 그런 상식적인 면이 그녀의 파격을 보완해주는 건지도 모른다.

혜린이와 경희는 모두 내 경기여고 동기다. 혜린이와는 같은 반이었던 적이 없어 별로 친하지 않았다. 경희와는 중학교 1학년 때 한 반이었다. 나는 키 큰 친구가 없는데 경희는 예외였다. 취향이 같았기 때문일 것이다. 반세기가 넘는 친구는 가족 같다. 내가 문학관을 시작하자 경희가 제일 먼저 자료를 챙겨다 주었다. 이 편지도 그때 가져온 것이다.

# 감격한 나머지
# 단숨에 내려읽은 기억이

수필가 전숙희가
시인 김남조에게

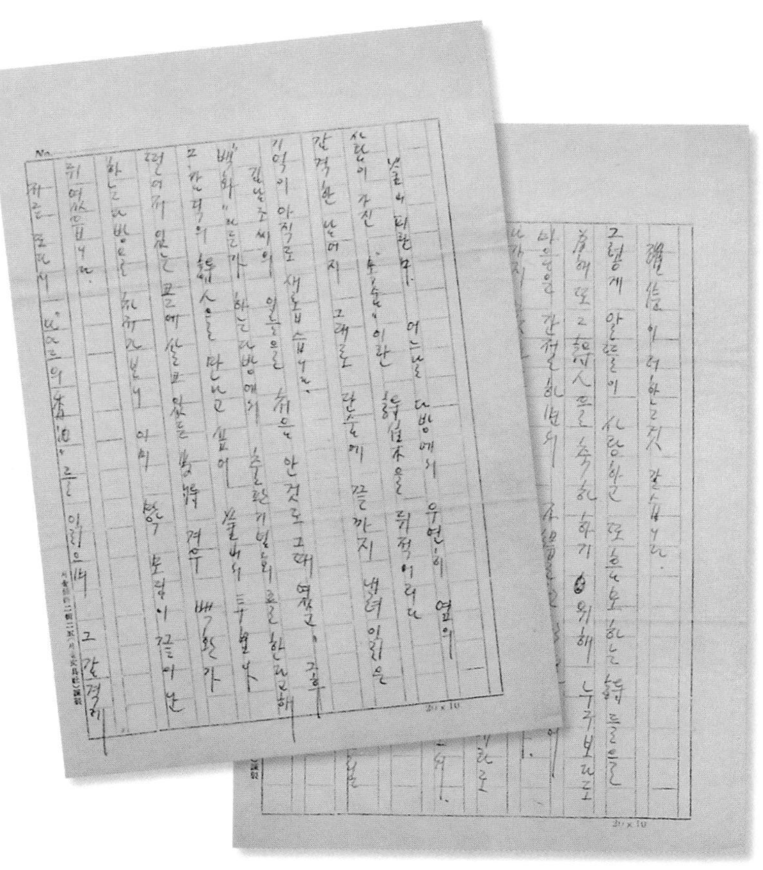

김남조 소장

부산 피란 중, 어느 날 다방에서 우연히 옆의 사람이 가진 『목숨』이란 시집을 뒤적거리다 감격한 나머지 그대로 단숨에 끝까지 내려읽은 기억이 아직도 새롭습니다.

김남조 씨의 이름을 처음 안 것도 그때였고, 그 후 '백화'라든가 하는 다방에서 출판기념회를 한다고 해 그 감격의 시인을 만나고 싶어 부산서 삼십 리나 떨어져 있는 곳에 살고 있던 당시, 겨우 백환가 하는 다방을 찾아가보니 이미 마악 모임이 끝이 난 뒤였습니다.

저는 또다시 『나아드의 향유香油』를 읽으며 그 감격에 확신이 더하는 것 같습니다. 그렇게 알뜰히 사랑하고 또 흠모하는 시들을 위해 또 그 시인을 축하하기 위해 누구보다도 마음은 간절하면서 부득이한 형편 있어 만나지 못함을 관용寬容해주시기 바랍니다.

비옵기는 어떠한 가시밭 험산준령에라도 지지 마시고 앞으로 더 높이 뻗어나가소서.

길이 영광 있으시기 비오며.

1955년 6월 10일
전숙희 드림

**전숙희**

1919년 함경남도에서 태어나 이화여전을 졸업한 후 1938년 〈여성〉에 단편소설로 등단했다. 그 뒤로는 수필 집필에 전념하여 1954년 수필집 『탕자蕩子의 변』을 출간했다. 1983년부터 1991년까지 국제펜클럽 한국본부 회장을 역임했으며 제3회 유관순상을 수상했다. 2010년 작고했다. 저서로 『삶을 즐거워라』 『사랑이 그녀를 쏘았다』 등이 있다.

**김남조**

1927년 경북 대구 출생. 서울대학교 사범대학 국문과를 졸업했다. 1950년 〈연합신문〉에 시를 발표해 등단했다. 숙명여자대학교 교수, 한국시인협회와 한국여성문학인회 회장을 역임했으며, 한국시인협회상, 서울시문화상, 대한민국문화예술상 등을 받았다. 현재 숙명여자대학교 명예교수로 있다. 시집으로 『목숨』 『사랑초서』 『사랑의 말』 등이 있다.

김남조 선생님과 전숙희 선생님은 뜻이 잘 맞는 자매처럼 사이가 좋다. 바늘 가는 데 실이 따라가듯 이분들은 늘 함께 다닌다. 전숙희 선생님이 돌아가실 때까지 반세기 넘게 지속된 깊은 우정인데, 그 실마리가 남조 선생님의 첫 시집 『목숨』에 대한 경탄에 있었다는 사실은 이 편지를 보고 처음 알았다.

출판기념회가 열린다는 소식을 듣고 삼십 리 길을 달려갔는데 늦어서 못 만나고 다음 시집 『나아드의 향유』를 통하여 김 선생 시의 아름다움을 다시 확인하면서 시작되었다는 이분들의 관계는, 문학작품을 통한 이해를 바탕으로 하였기에 더 단단할 수 있었던 것이 아닐까?

작품에 감동하여 작가를 만나고 그 작가와 마음까지 합일이 될 수 있는 독자는 축복받은 사람이다. 전숙희 선생님도 그러하고 나도 그렇다. 대학 시절 『목숨』을 읽고 시작된 남조 선생님에 대한 사랑은 지금도 시를 통하여 지속되고 있다. 선생님이 오래오래 건강하셔서 좋은 시를 계속 써주시기를 눈을 감고 빈다.

# 한갓 수사가 아닌 진정인 것

# 남쪽은 고호의 여름입니다

소설가 김승옥이
소설가 최정희에게

南쪽은 '고호'의 여름입니다. '[illegible]'조차 '고호'의 '風景'을 흉내내어 버렸습니다.
灼熱 灼熱 灼熱 灼熱 ........
저의 타들어가는 靑春을, 시원한 저 물은 가친점과 그 안에서 기다려주는 女人하나와 他人에게로 뻗어나간 三叉橋를 企望합니다.
어느때 언가는 이 '風景'속에 저자신을 그려넣게 될수 있기를 빌고 있읍니다.
先生님 健康하신지요? 진심으로 염려됩니다.

남쪽은 '고호'의 여름입니다. 공상조차 '고호'의 풍경을 흉내 내어버립니다.

灼熱 灼熱 灼熱 灼熱…….

저의 타들어가는 청년은, 시원한 지붕을 가진 집과 그 안에서 기다려주는 여인 하나와 타인에게로 뻗어나간 부교浮橋를 공상합니다.

어느 때엔가는 이 풍경 속에 제 자신을 그려넣게 될 수 있기를 빌고 있습니다.

선생님 건강하신지요? 진심으로 염려됩니다.

64. 7. 1

SEUNGOK

**김승옥**

1941년 일본 오사카 출생. 서울대학교 불문과를 졸업했다. 1962년 단편 「생명연습」이 〈한국일보〉 신춘문예에 당선되어 등단했으며, 같은 해 김현, 최하림 등과 더불어 동인지 〈산문시대〉를 창간하고, 이 동인지에 「환상수첩」 등을 발표하며 본격적인 문단 활동을 시작했다. 동인문학상, 이상문학상 등을 수상했다. 주요 작품으로 「무진기행」「서울, 1964년 겨울」 등이 있다.

**최정희**

1912년 함경남도 단천 출생. 호는 담인. 1930년 일본에서 유치진, 김동원 등과 함께 학생극예술좌에 참가했고, 1931년 〈삼천리〉에 「정당한 스파이」를 발표하면서 작품 활동을 시작했다. 한국여류문학인협회장, 예술원 회원 등을 역임했으며, 서울시문화상, 3·1문화상 등을 수상했다. 1990년 작고했다. 주요 작품으로 「흉가」「정적일순」『인간사』「탑돌이」 등이 있다.

"남쪽은 '고호'의 여름입니다"로 시작되는 이 엽서는 1964년에 쓴 것이다. 김승옥 씨의 대표작 「서울, 1964년 겨울」이 쓰이던 그해 여름이다. "공상조차 '고호'의 풍경을 흉내 내어"버린다는 그 여름에, 그는 남도의 작열灼熱하고 또 작열하는 더위 속에서, "시원한 지붕을 가진 집"을 생각하고, "그 안에서 기다려주는 여인 하나"를 그리워하고, "타인에게로 뻗어나간 부교浮橋를 공상"하고 있다. 그리고 "언젠가는 이 풍경 속에 제 자신을 그려넣게 될 수 있기를 빌고 있습니다"로 이 글은 끝난다.

최 여사는 고해를 받는 신부 같아서, 사람들은 그에게 자신의 가슴속 풍경을 자주 열어 보이게 된다. 마음 놓고 보여드려도 부작용이 없음을 알기 때문에 그 관계는 오래오래 지속된다.

공감과 믿음이 있어야 사람들은 누군가에게 고해를 한다. 믿음만으로는 안 된다. 공감대가 있어야 한다. 언젠가 김승옥 씨가 "이상하게 최 여사님은 어머니 같은 연배인데 '여자'를 느끼게 하는 면이 있다" 하고 말한 일이 있다. '여자'라는 말은 이 경우에 '여린 감성'의 대명사다. 최 여사에게는 그것이 있다. 일흔이 되어도 젊은이들과 함께 울고 웃을 수 있는 우정은 그 공감대로 인해 가능하다.

# 줄 몇 개로도
# 축하의 정을 전할 수 있다는 사실

비디오 아티스트 백남준이
평론가 이어령에게

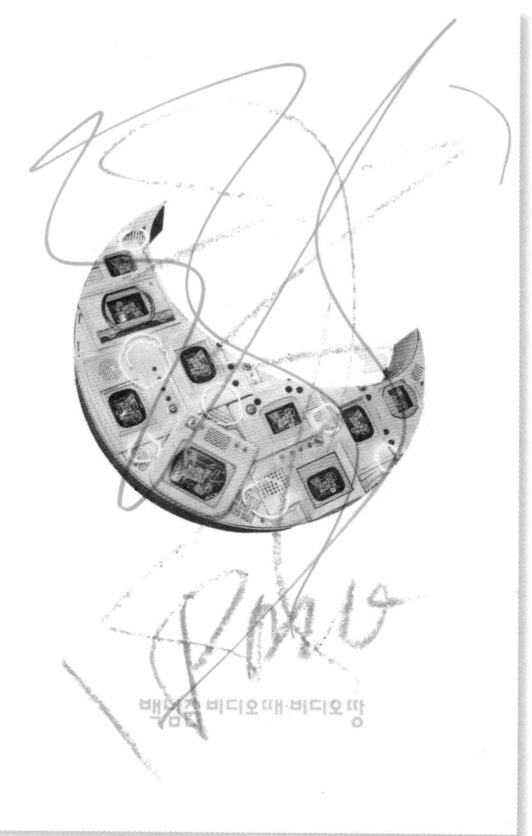


**백남준**

1932년 서울 출생. 1950년 일본으로 건너가 동경대학교 미학문학부에서 공부하고, 1956년 독일로 유학했다. 그 뒤 유럽과 미국을 떠돌며 전위적이고 실험적인 미술 집단 '플럭서스'의 일원으로 활동하면서 많은 공연과 전시회를 가졌다. 1963년 독일에서 첫 개인전을 열어 비디오 아트의 창시자로 세계미술계의 주목을 받았다. 1996년 뇌졸중으로 몸의 왼쪽 신경이 모두 마비되었으나, 신체장애를 극복하고 국내외에서 꾸준히 전시회를 열었다. 베니스비엔날레 황금사자상, 교토상 등을 수상했다. 2006년 작고했다.

**이어령**

1934년 충남 아산 출생. 서울대학교 국문과와 같은 대학원을 졸업했다. 〈문학예술〉에 「현대시의 환위와 한계」「비유법논고」가 추천되어 정식으로 등단했다. 경기고등학교 교사, 단국대학교 전임강사, 이화여자대학교 교수를 지냈으며, 〈문학사상〉 주간과 문화부 장관을 역임했다. 저서로 『흙 속에 저 바람 속에』『젊음의 탄생』『지성에서 영성으로』 등이 있다.

백남준 씨와 이어령 씨는 나이가 비슷하다. 이 선생이 백남준 씨보다 한 살 위다. 하지만 그들은 어린 날의 친구는 아니다. 서로 다른 세계에서 활약하다가 1980년대에 처음 만난 것이다. 그들은 보자마자 친구가 되었다. 서로의 예술에 대한 존경과 공감 때문이었으리라.

이 카드는 백남준 씨가 이 선생의 회갑 때 보내온 것이다. 자신의 그림엽서에 줄 몇 개 긋고 사인만 한 간단한 엽서다. 줄 몇 개와 사인 하나로도 축하의 정을 모두 전할 수 있다는 사실이 기적 같다.

# 가끔가다
# 시를 쓰는 재주밖에 없습니다

시인 김영태가
소설가 최정희에게

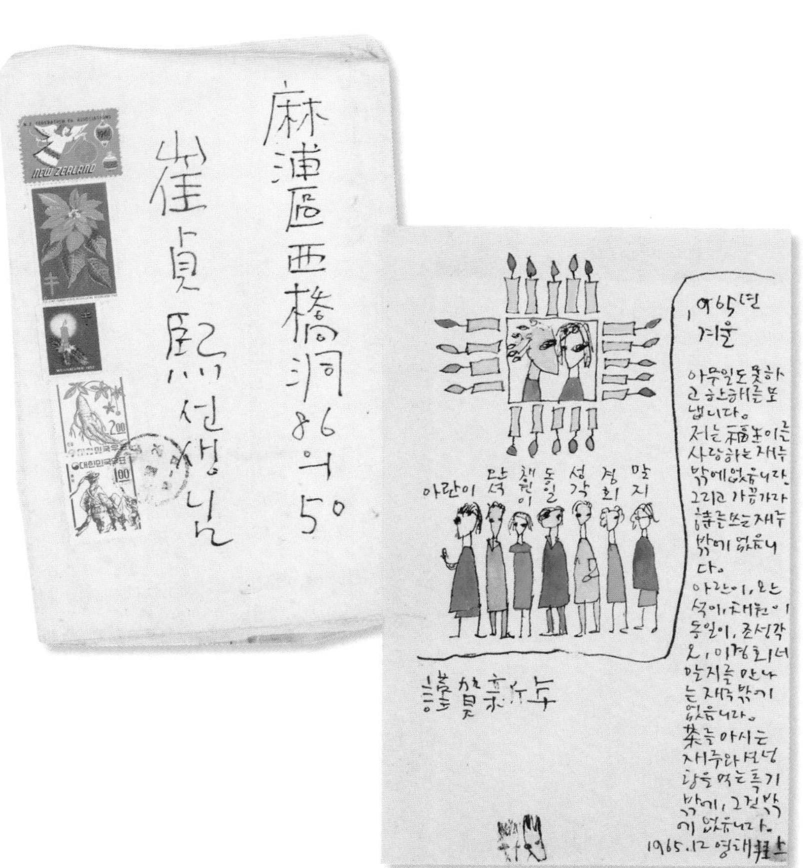

## 1965년 겨울

아무 일도 못하고 한 해를 보냅니다. 저는 복생福生*이를 사랑하는 재주밖에 없습니다. 그리고 가끔가다 시를 쓰는 재주밖에 없습니다. 아란이, 완석이, 채원이, 동일이, 조성각 형, 이경회, 서말지를 만나는 재주밖에 없습니다. 차를 마시는 재주와 설렁탕을 먹는 특기밖에, 그것밖에 없습니다.

1965. 12
영태 배상拜上

* 김영태의 부인

**김영태**
1936년 서울 출생. 호는 초개. 홍익대학교 서양화과를 졸업했다. 1959년 〈사상계〉로 등단했다. 1965년 첫 시집 『유태인이 사는 마을의 겨울』을 발간했다. 1972년 황동규, 마종기와 함께 낸 3인 연작시집 『평균률』로 현대문학상을 수상했다. 2007년 작고했다. 저서로 『여울목 비오리』 『변주와 상상력』 등이 있다.

**최정희**
1912년 함경남도 단천 출생. 호는 담인. 1930년 일본에서 유치진, 김동원 등과 함께 학생극예술좌에 참가했고, 1931년 〈삼천리〉에 「정당한 스파이」를 발표하면서 작품 활동을 시작했다. 한국여류문학인협회장, 예술원 회원 등을 역임했으며, 서울시문화상, 3·1문화상 등을 수상했다. 1990년 작고했다. 주요 작품으로 「흉가」 「정적일순」 『인간사』 「탑돌이」 등이 있다.

김영태 선생은 최 여사 일가의 모든 사람들과 친구다. 최 여사의 따님인 채원 씨나 지원 씨뿐 아니다. 그들의 어머니와도 친구다. 젊은 사람들과 친구처럼 사귀는 것은 최 여사의 보기 드문 재주다. 최 여사는 같은 연배보다 젊은 사람들과 코드가 더 잘 맞는다. 그래서 선생님 주변에는 많은 젊은 친구들이 모여 있다. 하지만 김영태 씨처럼 가족 단위로 양가가 모두 친구인 관계는 흔하지 않다.

"저는 복생이를 사랑하는 재주밖에 없습니다. 그리고 가끔가다 시를 쓰는 재주밖에 없습니다."

최정희 선생에게 보내는 연하장은 이렇게 시작된다. 연하장에는 최 여사가 사랑하는 일곱 명의 젊은이들이 그려져 있다. 거기에는 최 선생의 딸들도 들어 있다.

그러고 나서 김 시인은 자신의 재주를 덧붙인다. "아란이, 완석이, 채원이, 동일이, 조성각 형, 이경회, 서말지를 만나는 재주, 차 마시는 재주, 설렁탕을 먹는 특기" 등등……. 번번이 재주가 없다고 강조하면서, 그는 최 여사에게 자기가 얼마나 많은 사람들을 사랑하고 있는지 자랑하는 것이다.

인물들이 컬러풀하게 그려져서 축제 분위기가 나는 아름다운 연하장이다.

# 한국 방문의 추억이 새겨져

인류학자 레비스트로스가
평론가 강인숙에게

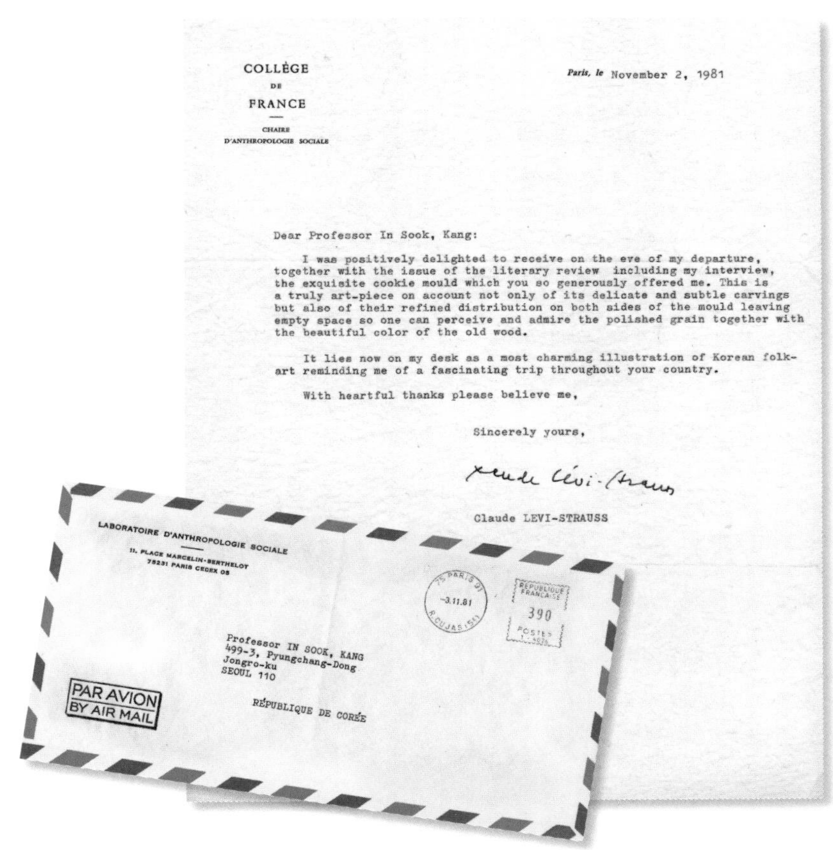

COLLÈGE
DE
FRANCE

CHAIRE
D'ANTHROPOLOGIE SOCIALE

Paris, le November 2, 1981

Dear Professor In Sook, Kang:

I was positively delighted to receive on the eve of my departure, together with the issue of the literary review including my interview, the exquisite cookie mould which you so generously offered me. This is a truly art-piece on account not only of its delicate and subtle carvings but also of their refined distribution on both sides of the mould leaving empty space so one can perceive and admire the polished grain together with the beautiful color of the old wood.

It lies now on my desk as a most charming illustration of Korean folk-art reminding me of a fascinating trip throughout your country.

With heartful thanks please believe me,

Sincerely yours,

Claude Lévi-Strauss

Claude LEVI-STRAUSS

친애하는 강인숙 교수님

한국을 떠나기 전날 밤 나는 너무나 반가운 두 가지 선물을 받았습니다. 내 인터뷰 기사가 실린 잡지 〈문학사상〉과 당신이 고맙게도 내게 선물해준 옛날 '떡살'*입니다.

그 떡살은 기가 막히게 아름다운 예술품이었습니다. 꽃무늬를 새긴 부분의 섬세하고 탁월한 끌 솜씨도 놀라웠지만, 아무것도 새기지 않은 평평한 손잡이 부분도 매력적이었습니다. 세월의 때가 곱게 묻어 있는 나무의 깊이 있는 색상과, 나뭇결이 빚어내는 자연스런 무늬와 질감이 너무나 절묘해서 나는 감탄을 금할 수 없었습니다.

지금 그것은 한국 민속공예품의 정교함을 과시하면서 내 책상 위에 놓여 있습니다. 거기에는 즐거웠던 한국 방문의 추억이 새겨져 있습니다.

진심으로 감사드립니다.

1981년 11월 2일 파리
클로드 레비스트로스

**클로드 레비스트로스**
Claude Lévi-Strauss
1908년 벨기에 브뤼셀 출생. 1930년대 초 최연소로 철학교수 자격시험에 합격했다. 브라질로 건너가 원주민과 함께 거주하면서 미개문명에 대한 탐구에 정열을 쏟았다. 1939년 프랑스로 귀국했으나 제2차 세계대전 중 유대인 박해를 피해 다시 미국으로 건너갔다. 종전 후 귀국, 콜레주 드 프랑스의 정교수로 취임해 사회인류학 강좌를 창설했다. 2009년 작고했다. 저서로 『슬픈 열대』 『야생의 사고』 등이 있다.

**강인숙**
1933년 함경남도 갑산 출생. 서울대학교 국문과를 졸업하고 숙명여자대학교 국문과에서 박사학위를 취득했다. 1965년 〈현대문학〉을 통해 평론가로 등단했다. 현재 건국대학교 국문과 명예교수 및 영인문학관 관장으로 재직 중이다. 저서로 『자연주의 문학론』 『일본 모더니즘 소설 연구』 등이 있다.

* 떡을 눌러 갖가지 무늬를 찍어내는 판. 또는 그것으로 찍어 나타나는 무늬. 흔히 나무로 만드나 간혹 사기로 만든 것도 있다.

1981년 세계적인 인류학자 레비스트로스가 한국에 왔을 때 〈문학사상〉 주간이던 남편이 내게 선물을 준비해달라고 부탁했다.

선물을 사려고 인사동에 갔다가 우연히 단골 골동품집 주인을 만나, 같이 가게에 들어가게 되었다. 그때 20센티미터 정도의 나무판 중앙에 매화꽃이 딱 한 송이 새겨져 있는 절묘한 떡살이 눈에 띄었다. 허술할 정도로 꽃이 하나만 달려 있는 점이 매력 포인트였다.

나는 한국의 옛 목기에 특별히 애착이 많아 여간해서는 외국인에게 목기를 선물하지 않는다. 우리 목기는 수제품이어서 하나하나가 유니크하다. 유일성이 예술의 특성이라면 우리 목기는 하나하나가 다 예술품이다. 그런 귀한 것이 외국으로 유출되는 것이 싫다.

하지만 레비스트로스는 저명한 인류학자이고, 이 작은 떡살은 그분에게 한국인의 심미안을 알릴 최상의 선물이 되지 않을까 싶었다. 값도 예상외로 저렴했기에 눈 딱 감고 원칙을 어겨버렸다.

그것을 들고 청계산에 있는 정신문화원까지 찾아갔다. 그분이 떡살을 보고 어떤 반응을 일으킬지 궁금했다. 그런데 젊은 한국인 학자가 나와, 그가 피곤해서 쉬고 있다며 연결해주지 않아 선물만 맡기고 돌아왔다. 그런데 일주일 뒤에 이 편지가 왔다. 거기에는 내 선물에 대한 다음과 같은 예찬의 말이 적혀 있었다.

"그 떡살은 기가 막히게 아름다운 예술품이었습니다. 꽃무늬를 새긴 부분의 섬세하고 탁월한 끌 솜씨도 놀라웠지만, 아무것도 새기지 않은 평평한 손잡이 부분도 매력적이었습니다. 세월의 때가 곱게 묻어 있는 나무의 깊이 있는 색상과, 나뭇결이 빚어내는 자연스런 무늬와 질감이 너무나 절묘해서 나는 감탄을 금할 수 없었습니다."

얼굴 한번 본 일 없는 사이인데 문화에 대한 사랑으로 이렇게 깊이 공감할 수 있다는 것은 참 고무적인 일이다.

# 그때 본 선생님 굉장히 이뻤어요

아동문학가 정채봉이
소설가 정연희에게

정연희 선생님께。

'97. 9. 14.

선생님께서 글을 주실 줄은 실로 생각지도 못하였습니다.
선생님의 글을 좋아하는 저로서는 늘 원고청탁을 (샘터에) 드렸다가 1번째 다음으로 미룸을 받았었으니까요。
선생님의 애독자이었던가요? 〈서해방이 등장하는 그 단편을 고등학생시절에 읽고 나도 나중에 이렇게 쓸 수 있을까, 하고 꿈을 꾼 적도 있었지요。 그때 본 선생님의 모습도 굉장히 이뻤어요.
(기뻐합니다). 선생님과 제가 닮은 점이 있다면 눈이지 않을까 그런 생각을 합니다만。(거듭 기뻐합니다。)

〈초승달과 밤배〉를 처음 쓰기 시작하였을 때 청소년도 자살들이 일어났는데 세기말의 자해 위축될 수 밖에 없었던 제 능력이 부끄럽기 짝이 없습니다。 그래도 선생님께서 격려의 글도 주시고 하여 그저 지면을 축낸 건 아니었구나 하는 자위도 됩니다。 책이 이렇게 빨리 나온 건 제가 서둘렀다기 보다는 그동안 계획을 세워두면서 준비를 한 한길출판사의 배려 때문입니다。 거의 부끄러움을 덜어주셨으면 합니다。

선생님의 말씀。 '사랑은 고통 앞에서 원망이나 불평을 하지 않습니다。 이 세계와 이 나라를 구원할 사랑입니다'
이 말씀을 잊지 않겠습니다。 가슴 가득 넘치는 사랑으로。
선생님 고맙습니다。
늘 선생님이 계시는 곳에 평화가 있기를 기도드립니다。
선생님의 아름다운 소설도 기다립니다。
(서울에서 얼쩡거리고 살아서 죄송합니다。)

정채봉 올림

사단법인 샘터

## 정연희 선생님께

선생님께서 글을 주실 줄은 실로 생각지도 못하였습니다. 선생님의 글을 좋아하는 저로서는 늘 원고청탁을 (샘터에서) 드렸다가 번번히 다음으로 미룸을 받았었으니까요.

선생님의 데뷔작이었던가요? 수녀님이 등장하는 그 단편을 고등학생 시절에 읽고 나도 나중에 이렇게 쓸 수 있을까, 하고 앓은 적도 있었지요. 그때 본 선생님의 모습도 굉장히 이뻤어요(죄송합니다). 선생님과 저가 닮은 점이 있다면 눈이지 않을까 그런 생각을 합니다만(거듭 죄송합니다).

『초승달과 밤배』를 처음 쓰기 시작하였을 땐 황소라도 잡을 듯이 덤볐었는데 써가면서 자꾸 위축할 수밖에 없었던 제 능력이 부끄럽기 짝이 없습니다. 그래도 선생님께서 격려의 글도 주시고 하니 그쪽 지면을 축낸 건 아니었구나 하는 자위도 됩니다. 책이 이렇게 빨리 나온 건 제가 서둘렀다기보다는 그동안 지형을 떠두면서 준비를 한 한국문학사의 배려 때문입니다. 저의 부끄러움을 덮어주셨으면 합니다.

선생님의 말씀, "사랑은 고통 앞에서 원망이나 불평을 하지 않습니다. 이 세대와 이 나라를 구원할 사랑입니다" 이 말씀을 잊지 않겠습니다. 가실 줄 모르는 사랑으로.

선생님 고맙습니다.

늘 선생님이 계시는 곳에 평화가 있기를 기도드립니다.

**정채봉**

1946년 전남 순천 출생. 1975년 동국대학교 국문과를 졸업했다. 1973년 〈동아일보〉에 「꽃다발」이 당선되어 등단한 이후, 월간 〈샘터〉 편집이사, 초등학교 교과서 집필위원, 동국대학교 국어국문학부 겸임교수 등을 지냈다. 한국 동화작가로서는 처음으로 독일과 프랑스에서 번역 출간되었다. 대한민국문학상, 새싹문학상, 동국문학상, 소천아동문학상등을 수상했다. 2001년 작고했다. 저서로 『초승달과 밤배』 『오세암』 등이 있다.

선생님의 아름다운 소설도 기다립니다.

(서울에서 얼정거리고 살아서 죄송합니다.)

87. 9. 14

정채봉 올림

**정연희**

1936년 서울 출생. 이화여자대학교 국문과를 졸업했다. 〈세계일보〉 〈경향신문〉 기자, 이화여자대학교 강사를 역임했다. 1957년 〈동아일보〉 신춘문예에 단편소설 「파류상」이 당선되어 문단에 등단했다. 저서로 『양화진』 『내 잔이 넘치나이다』 등이 있다.

잡지사에 있으면서 청탁서를 내기도 어렵게 느껴지던 선배 문인에게 편지를 받고, 황송한 마음으로 쓴 회답 편지다.

고등학생 시절 정연희 선생의 팬이었다는 정채봉 씨는 "선생님의 데뷔작이었던가요? 수녀님이 등장하는 그 단편을 고등학생 시절에 읽고 나도 나중에 이렇게 쓸 수 있을까, 하고 앓은 적도 있었지요" 하고 옛날 자신의 심정을 알린다.

"그때 본 선생님의 모습도 굉장히 이뻤어요(죄송합니다). 선생님과 저가 닮은 점이 있다면 눈이지 않을까 그런 생각을 합니다만(거듭 죄송합니다)."

글뿐 아니라 정 선생의 미모에도 끌렸음을 죄송하다며 고백한 후, 정채봉 씨는 숭배하는 선배님과 자기 사이의 동질성을 '눈의 닮음'에서 발견했다고 거듭 죄송해한다.

그 다음은 자신의 문학에 대한 이야기다. "처음 쓰기 시작하였을 땐 황소라도 잡을 듯이 덤볐었는데" 갈수록 자신을 잃어가고 있다는 것과, 그런 침체기에 선생님이 격려의 말을 보내준 게 큰 힘이 되었다고 감사하고 있다.

같은 피를 나눈 사람들이 동족이라면 같은 길을 가는 사람들도 동족이다. 같이 가면서 던진 작은 격려의 말에 힘을 얻으며 사이좋게 걸어가는 동족끼리의 다정한 풍경이다.

# 잊지 못할 데이트가 있느냐고 묻는다면

수필가 박미경이
시인 황금찬에게

선생님

누군가 저에게 잊지못할 데이트가 있느냐고 묻는다면,
이제는 고개를 끄덕일 수가 있습니다.
영화 '일 포스티노'의 네루다를 떠올리게 하는
은발의 시인, 바로 선생님과의 만남 때문에요.
혜화동 로터리에는 시인의 향기가 배어 있습니다.
선생님과 문인들이 즐겨 찾는 '보헤미안(이젠 엘·빈이 되었네요)'
이 그렇고 생전의 조병화 선생님, 성춘복 시인님과 김영태
시인님, 송명진 시인님의 시와 발길이 가득한 곳이지요.

봄비가 내리던 오후, 선생님의 시가 걸려 있는 혜화동의 찻집
에서 베레모와 체크무늬 자켓이 멋지던 선생님과
이런 저런 이야기를 나누던 순간이 영화의 한 장면처럼
떠오릅니다.
나이가 들면 청각이 약해져서 남들이 하는 얘기를 잘못 들을 때가
있지만 남들이 듣지 못하는 소리가 들린다고 말씀하셨지요.
꽃이 떨어질 때의 소리, 별이 질 때의 소리…. 저는 그
말씀에 하마터면 눈물을 흘릴 뻔 했습니다.
그저 분주하기만 한 일상에서 눈에 보이는 것에만 매달리며
살아가는 저는 단 한번이라도 그 소리를 들을 수 있을지
모르겠습니다.
그날, 선생님의 말씀을 통해서 저는 새로운 세상과의
관계 맺기를 한 것 같습니다. 혜화동에 내리는
빗소리는 미처 알지 못했던 세계의 노래였고,
그 노래는 눈을 고요히 잠들이고, 눈물이 묻은 꽃이

…다. 마치 마인드맵처럼
…서로 밀착되어 오는
…은 제가 새로운 주제로
…

…차 값을 지불하고
…데 아직도 그런
…이지요. 엘·빈의 계단을
…다음 거지를 걸을 때
…구나, 그렇게 생각했습니다.
…려 왔습니다.
…았습니다. 저에게 주시는
…게 바라보는 눈.
…… 선생님의 사랑에
…습니다.

…책상에서 저를
…는 그렇게 시작됩니다.

…4. 24.
박미경 올림

## 선생님

누군가 저에게 잊지 못할 데이트가 있느냐고 묻는다면, 이제는 고개를 끄덕일 수가 있습니다. 영화 〈일 포스티노〉의 네루다를 떠올리게 하는 은발의 시인, 바로 선생님과의 만남 때문이에요.

혜화동 로터리에는 시인의 향기가 배어 있습니다. 선생님과 문인들이 즐겨 찾는 '보헤미안(이젠 '엘.빈'이 되었네요)'이 그렇고 생전의 조병화 선생님, 성춘복 시인님과 김영태 시인님, 송명진 시인님의 시선과 발길이 가득한 곳이지요.

봄비가 내리던 오후, 선생님의 시가 걸려 있는 혜화동의 찻집에서 베레모나 체크무늬 재킷이 멋지던 선생님과 이런 저런 이야기를 나누던 순간이 영화의 한 장면처럼 떠오릅니다.

나이가 들면 청각이 약해져서 남들이 하는 소리를 잘못 들을 때가 있지만 남들이 듣지 못하는 소리가 들린다고 말씀하셨지요. 꽃이 떨어질 때의 소리, 별이 질 때의 소리……. 저는 그 말씀에 하마터면 눈물을 흘릴 뻔했습니다. 그저 분주하기만 한 일상에서 눈에 보이는 것에만 매달리며 살아가는 저는 단 한 번이라도 그 소리를 들을 수 있을지 모르겠습니다.

그날, 선생님의 말씀을 통해서 저는 새로운 세상과의 관

**박미경**
잡지사 기자와 프리랜서, 리포터로 활동하며 1933년 〈월간문학〉 신인상에 당선되면서 등단했다. 〈한국문인〉 편집장을 지냈고 제15회 동포문학상을 수상했다. 한국문인협회, 국제펜클럽 한국본부, 한국수필가협회 회원이다. 저서로 『그대, 그곳에 서 있기에』 『사람이 꽃보다 아름다운 이유』 등이 있다.

계 맺기를 한 것 같습니다. 혜화동에 내리는 빗소리는 미처 알지 못했던 세계의 노래였고, 그 노래는 노을을 고요히 물들이고, 노을에 물든 꽃이 무엇을 말하는지 귀 기울여보았습니다. 마치 마인드맵처럼 사물이 꼬리에 꼬리를 물고 저의 시선으로 밀착되어오는 뜻밖의 경험을 하였습니다. 그것은 제가 새로운 존재로 탈바꿈하는 순간이기도 했습니다.

선생님, 화장실에 다녀오겠다며 차 값을 지불하고 오시는 건 70년대 식이지요. 그런데 아직도 그런 선생님이 제겐 얼마나 감동적인지요. '엘.빈'의 계단을 내려와 선생님과 비 오는 혜화동 거리를 걸을 때 저는 인생은 참 아름다운 것이구나, 그렇게 생각했습니다. 지금까지 멀었던 행복감이 밀려왔습니다.

선생님께 너무 많은 선물을 받았습니다. 저에게 주시는 넘치는 격려와 세상을 아름답게 바라보는 눈, 새로움을 발견할 수 있는 마음……. 선생님의 사랑에 어떻게 보답해야 될지 모르겠습니다.

보내주신 '꽃의 말'이 지금 책상에서 저를 바라보고 있습니다. 저의 하루는 그렇게 시작됩니다.

2005. 4. 24

박미경 올림

**황금찬**

1918년 강원도 속초 출생. 1953년 〈문예〉와 〈현대문학〉을 통해 정식 등단했다. 이후 중·고등학교에서 33년간 교사로 재직했다. 시문학상, 월탄문학상, 대한민국문학상, 한국기독교문학상 등을 수상하고, 대한민국 문화예술상, 대한민국 문화보관훈장을 받았다. 저서로 『옛날과 물푸레나무』 『행복을 파는 가게』 등이 있다.

나이가 들면 통상적인 대화는 잘 안 들리는 일이 많지만 남들이 듣지 못하는 "꽃이 떨어질 때의 소리, 별이 질 때의 소리" 같은 것은 잘 들린다고 말씀하는 노시인.

노년에 들리는 소리에 감명을 받은 박미경 씨는 "하마터면 눈물을 흘릴 뻔했"다고 고백한다. 현실에 쫓기며 사는 자신은 "단 한 번이라도 그 소리를 들을 수 있을지 모르겠"다는 생각 때문이다.

봄비가 내리던 오후, 황 선생님의 시가 걸려 있는 혜화동 찻집에서 베레모와 체크무늬 재킷이 멋지던 선생님과 젊은 후배 문인 박미경 씨가 만났다. 그녀는 그날의 데이트를 잊지 못할 만남의 장으로 기억에 새겨둔다. 이 편지는 후배 문인의 '황금찬송頌'이다. 박미경 씨는 황금찬 선생님을 〈일 포스티노〉의 네루다를 떠올리게 하는 시인으로 숭앙한다.

그날의 만남으로 세상과의 관계 맺기가 새로워졌다. 그녀에게 노시인의 말씀과 격려가 얼마나 큰 힘이 되어주는가를 보여주는 편지를 읽으며 황 선생님의 건투를 빈다.

# 화초가 가진 명암을 보는 것과 같은 기쁨

시인 유치환이
소설가 김만옥에게

萬玉 女史

두 차례나 글 즐겁게 읽었읍니다. 이 즐겁게 읽었다는 것이 결코 한갓 修辭가 아니라 진정인 것입니다. 萬玉 女史의 말하는 사연들이 그저 지껄이는 것 같아도 거기에는 한개 花盆을 놓고 花草가 가진 明暗을 보는 것과 같은 기쁨을 느끼는 것입니다.

그런데 今週末쯤 내가 上京할 일이 생겼읍니다. 土요일(11日)쯤 文理大 건너편 大東여관으로 연락해 주기 바랍니다.

그럼 얼마지 않아 만날 기쁨을 가지고 이만 —

62 七月 三日 青馬

만옥 양

두 차례나 글 즐겁게 읽었습니다. 이 즐겁게 읽었다는 것이 결코 한갓 수사修辭가 아니라 진정인 것입니다. 만옥 양이 말하는 사연들이 그저 지껄이는 것 같아도 거기에는 한 개 화분을 놓고 화초가 가진 명암을 보는 것과 같은 기쁨을 느끼는 것입니다.

그런데 금주 말쯤 내가 상경할 일이 생겼습니다. 토요일(11일)쯤 문리대 건너편 대동여관으로 연락해주기 바랍니다.

그럼 얼마지 않아 만날 기쁨을 가지고 이만—

92* 7월 6일
청마靑馬

**유치환**
1908년 경남 거제 출생. 호는 청마. 극작가 유치진의 동생이다. 1930년 〈문예월간〉으로 등단한 후, 1939년에 첫 시집을 출간했다. 교육과 시작을 병행해 중·고등학교 교장으로 재직하면서 총 14권에 이르는 시집과 수상록을 간행했다. 한국청년문학가협회 시인상, 서울시문화상, 아시아재단 자유문화상 등을 수상했다. 1967년 작고했다. 저서로 『깃발』 『수首』 등이 있다.

**김만옥**
1938년 경남 의령 출생. 서울대학교 국문과를 졸업하고 1977년 〈조선일보〉 신춘문예로 등단했다. 4·19혁명의 원체험을 안고, 개인 속에 각인된 역사의 모순과 고통의 근원을 탐구하는 작가로 알려져 있다. 저서로 『내 사촌 별정 우체국장』 『계단과 날개』 등이 있다.

* 1959년이 단기 4292년이기 때문에 92로 표기한 것

김만옥 씨는 소설을 쓰는 대학 후배다. 성품이 침착하고 신중하다. 인품이 하도 성숙해 보여서 후배라기보다는 선배 같은 착각이 드는 때도 있다. 좋은 소설을 쓰면서 가정에 충실한 예쁜 후배였는데, 신작 발표가 뜸해져 궁금해하고 있었다. 그런데 내가 박물관을 열자 어느 주말에 자료를 들고 찾아왔다. 뭔가 보태주고 싶어하는 충정이 느껴져서 가슴이 뭉클했다.

근황을 물었더니 치매에 걸린 시어머니 지키기가 업이라면서 웃었다. 문을 열고 나가 실종되실까 봐 잠시도 눈을 뗄 수 없어, 남편이 돌아올 때까지 꼼짝 못하고 갇혀 산단다. 책도 못 읽고 글도 쓸 수 없으리라.

서울대학교를 나온 인재를 치매 노인의 간병용으로 쓰고 있다니 그건 너무나 심한 학력 낭비가 아닌가 싶어 내가 아연실색한 얼굴로 쳐다보는데 본인은 침착하고 조용하다. 서울대학교가 아니라 하버드대학교를 나왔대도 자식 도리는 피할 수 없는 게 사람의 길이라는 생각에 참고 견디겠지 싶어 마음이 좋지 않았다.

그때 가지고 온 것이 유치환 선생에게 받은 편지 네 통이었다. 누르께하게 변색된 무지의 종이 위에 펜으로 쓴 편지였다. 자료가 많지 않은 청마 선생의 친필 편지는 그렇게 해서 내게로 왔다.

청마 선생은 만옥 씨의 동향 선배이자 문학적 스승이다. 지방에 있는 스승과 서울에 있는 제자는 기회 있을 때마다 이런 편지로 연락을 취하여 만났다. 청마 선생은 문학공부를 지도도 해주고 격려도 해주는 소중한 멘토였던 것이다.

"한 개 화분을 놓고 화초가 가지는 명암을 보는 것과 같은 기쁨"을 느낀다는 코멘트 한마디가 후학인 만옥 씨에게 얼마나 큰 용기를 주었을까 짐작이 간다. 다른 편지에는 만옥 씨의 데모 참가에 대한 코멘트도 있다.

1959년 그 무렵, 저 영특한 후배는 어떤 얼굴을 하고 있었을까.

# 봄이 곧 문을 두드리려고 합니다

화가 이성자가
신구대학교 학장 이종익에게

Paris에서. 1985. 3. 11.

COULEURS ET LUMIÈRE DE FRANCE
75 - PARIS
Les bords de la Seine, Notre-Dame
vue du Quai de Montebello
36 75 0031

이종익 學長 님
元善子 교수 님
其右 安寧 하십니까. 제는
여러분덜 德分으로 無事
히 Paris에 도착하여
집일. 書留 等 정리 되고
이제는 정상적인 生活
이 시작 대였읍니다.
우선 보고 : 소중하게
잘 보장해 주신 취자나무

— Éditions d'art Yvon PARIS
30. Av. Jean-Jaurès-94-Arcueil - © by S.P.A.D.E.M.
Trophée International du Tourisme 1979

81

문제 없이 가방 안에서 잘 지
나고. 여기 집에 到着하는
데로 곧 화초분에 심었
읍니다. 이제 새싹들
이 피기 始作했읍니다.
4月初 南佛 Tourrettes
집에 내려 가서 제 畵室
앞에 숨을 예정입니다.
Mosaïque 일 앞으로
소식 드리겠읍니다.
春이 곧 문을 두들길야고 합니
다. 이걸 만하여도 希望에 늠칩니
다. 李聖子 드림

이종혁 학장님

원선자 교수님*

그간 안녕하싮니가. 제는 여러분덜 덕분으로 무사히 Paris에 도착하여 잡일, 서류 등 정리되고 이제는 정상적인 생활이 시작대였습니다.

우선 보고 : 소중하게 잘 표장해주신 취자나무 문제없이 가반 안에서 잘 지나고, 여기 집에 도착하는 데로 곧 화초분에 심었습니다. 이제 새싹들이 피기 시작했습니다.

4월 초 남불南佛 Tourrette 집에 내려가서 제 화실 앞에 숭글 예정입니다.

Mosaique 일 앞으로 소식 드리겠습니다.

봄이 곧 문을 두들길야고 핪니다. 이걷만 하여도 희망에 늗침니다.

1985. 3. 11 Paris에서

이성자 드림

**이성자**

1918년 경남 진주 출생. 1951년 프랑스로 건너갔다. 국내외에서 활발한 활동을 벌이며 국립현대미술관, 니스미술관, 파리 그랑팔레 등에서 전시를 열었다. 모든 조형작품에 동양적 향취와 이미지를 담아 방대한 규모로 꾸준히 제작했다. 보관문화훈장, 프랑스정부 예술문화공로자훈장 등을 받았다. 2009년 작고했다.

**이종익**

1923년 경기도 파주 출생. 호는 우촌. 서울대학교 경영학과 졸업. 1951년 신구문화사를 창설했으며 1973년 신구전문대학을 설립했다. 서울시문화상, 한국출판문화상, 국무총리상 등을 받았으며, 중화민국문화대학에서 명예철학 박사학위를 받았다. 1990년 작고했다.

* 신구대학교 이종익 학장과 원선자 전무는(당시 기준) 형부·처제 사이였다.

이성자 선생님은 우리말을 제대로 배우지 못한 세대에 속한다. 1918년생이니 조선어가 금지되기 이전에 초등교육을 받았겠지만, 그때는 철자법이 정비되지 않았다. 그 후 1935년부터 1938년까지 일본에 계셨고, 1951년에 도불渡佛한 후로 죽 프랑스에서 사시다가 2009년 투르에서 돌아가셨다.

그래서 철자법이 좀 엉망이다. 일제 강점기에 학교를 다닌 분들은 대체로 철자법이 엉망이지만 선생님은 더 심하다. 지방 출신이라 사투리까지 더해진 것이다. 이종익, 원선자 두 분 앞으로 보낸 이 편지는 첫번째 수신자의 이름이 잘못되었다. 신구대학교 설립자인 이종익 학장님을 '이종혁 학장님'으로 쓴 것이다. 그 아래 줄줄이 나오는 철자법 오기가 재미있다. '심다'는 '숭그다'가 되고, '가방'은 '가반', '치자나무'는 '취자나무'로 쓰고 있다. 그리고 희망은 '넘치는' 것이 아니라 '늠치고' 있다.

철자법의 오류는 그분이 한국을 떠나 있던 기간을 증언해준다. 그 기간의 길이는 그대로 그분이 느끼는 향수의 부피이기도 하다. 그림을 그리기 위해 두고 간 조국에서는 그분의 세 아이가 자라고 있었다. 부모와 형제와 친구가 있었다. 그리고 산과 들과 풀과 꽃들과…….

이 엽서에는 고국의 식물이 그리워 법을 어겨가면서 가방 안에 치자나무를 숨겨 가는 사연이 나온다. 파리에 갔다가 다시 남프랑스까지 '가반' 안에 숨겨 간 그 '취자나무'가 혼자 살던 선생님의 향수를 많이 달래주었기를 빈다.

선생님은 2009년 세상을 떠났다. 조국에서보다 프랑스에서 더 알려진 세계적인 화가가, 평생 그린 그림을 들고 고국에 돌아와 고향에 모두 두고 가셨다.

올해 막내 아드님이 선생님의 달력을 가져다주었다. 붉은 산에 살짝 눈이 덮였고 그 위에 탐스런 하얀 해가 풍선처럼 둥실 떠 있고, 가느다란 반원형 색동 띠가 해 아래 배치되어 있는 몽환적인 그림이 첫 장에 있었다.

선생님의 그림에는 그런 영롱한 반원형 색동 띠가 많이 나온다. 손자들을 보러 귀국하면서 극지의 오로라를 보고 있으면 마음이 가득 차올라 그런 밝은색이 나온다고 설명하시더란다. 멀리 떨어져 살아도 손자들은 여전히 할머니에게 영감靈感의 원천이다.

# 선생님이 이 세상에서 제일 부자다 싶습니다

소설가 박완서가
평론가 강인숙에게

강 선생님께

개관하는 날 겹치는 일이 있어서 못 와 뵈었습니다. 성황이었다는 소식 전해 듣고 기뻤고, 참석 못한 게 약 올르고 섭섭했습니다. 오늘 벼르고 별러 딸한테 졸라 차를 얻어 타고 찾아왔습니다. 안 계시려니 하면서도 행여 이야기 나눌 기회가 있을지도 모른다고 생각되어 선생님 평론집 중 읽을 때 인상 깊었던 구절을 아침에 다시 한번 읽고 왔는데 역시 안 계시군요. 섭섭하지만 초상화 전뿐 옥상의 정원까지 천천히 감상할 수 있어서 늦게 오길 잘했단 생각도 듭니다. 표지로 이미 본 건데도 원화로 보는 느낌이 각별했습니다. 훔쳐가려고 싶은 그림들도 있어 선생님이 이 세상에서 제일 부자다 싶습니다. 부럽습니다. 다음 전시회를 기대하며 이만

그치다 2001. 5. 8 박완서

강 선생님께

개관하는 날 겹치는 일이 있어서 못 와 뵈었습니다.

성황이었다는 소식 전해 듣고 기뻤고, 참석 못한 게 약 오르고 섭섭했습니다. 오늘 벼르고 별러 딸한테 졸라 차를 얻어 타고 찾아왔습니다.

안 계시려니 하면서도 행여 이야기 나눌 기회가 있을지도 모른다고 생각되어 선생님 평론집 중 읽을 때 인상 깊었던 구절을 아침에 다시 한 번 읽고 왔는데 역시 안 계시군요. 섭섭하지만 초상화전뿐 옥상의 정원까지 천천히 감상할 수 있어서 늦게 오길 잘했단 생각도 듭니다. 표지로 이미 본 건데도 원화로 보는 느낌이 각별했습니다. 훔쳐 가지고 싶은 그림들도 있어 선생님이 이 세상에서 제일 부자다 싶습니다. 부럽습니다. 다음 전시회를 기대하며 이만 갑니다.

2001. 5. 8

박완서

**박완서**

1931년 경기도 개풍 출생. 서울대학교 국문과에 입학했으나 전쟁으로 중퇴했다. 1970년 마흔이 되던 해에 〈여성동아〉 여류 장편소설 공모에 『나목』이 당선되어 등단했다. 한국문학작가상, 이상문학상, 현대문학상, 동인문학상, 황순원문학상 등을 수상했다. 2011년 작고했다. 저서로 『엄마의 말뚝』 『아주 오래된 농담』 『못 가본 길이 더 아름답다』 등이 있다.

**강인숙**

1933년 함경남도 갑산 출생. 서울대학교 국문과를 졸업하고 숙명여자대학교 국문과에서 박사학위를 취득했다. 1965년 〈현대문학〉을 통해 평론가로 등단했다. 현재 건국대학교 국문과 명예교수 및 영인문학관 관장으로 재직 중이다. 저서로 『자연주의 문학론』 『일본 모더니즘 소설 연구』 등이 있다.

언젠가 완서 선생님 댁에 간 일이 있다. 수지에 사는 조카의 집들이 모임에 가는 김에 빌려왔던 자료를 돌려드리려고 들렀던 것 같다. 열한 시경이었다고 기억된다.

그런데 선생님 댁에 도착하자마자 "노바스크 한 알을 달라" 하는 염치없는 부탁을 하게 되었다. 내친 김에 파스도 한 장 곁들였다. 허리도 아팠고 혈압도 좋지 않은 때였는데, 같이 가기로 한 큰조카가 약속시간보다 일찍 오는 통에 안정을 잃어서 약을 먹고 파스를 붙이는 중요한 절차를 잊고 나온 것이다.

선생님 댁을 나와 수지 쪽으로 접어들고 있는데 동행하던 조카가 신기하다는 듯 물었다.

"그런데…… 박 선생님 댁에 그런 약이 있는 걸 어떻게 아시고 대뜸 약을 달라고 하셨어요?"

"같은 연배잖니? 나이가 비슷하면 아픈 데도 비슷한 거야."

그 말을 해놓고 생각해보니 선생님과 나는 너무 많은 비슷한 일들을 겪으며 살았다는 생각이 들었다. 우선 가정적인 면에서 공통되는 점이 많다. 선생님의 소설에는 오빠 이야기가 많이 나온다. 아버지를 대신하는, 나이 차이가 많이 나는 우상 같은 오빠 이야기가.

나에게도 그런 오빠가 계셨다. 아버지보다 젊고 멋있고 그래서 더 친근한 그런 오빠가. 선생님의 소설을 통하여 나는 한국 가정의 부성부재父性不在 현상을 실감했고, 우리 세대의 여자아이에게 나이 차이가 많이 나는 오빠가 의미하는 이미지와 역할에 깊은 공감을 느꼈다. 우리의 오빠들은 집안의 대들보이고 실질적인 가장이다. 한국에서는 『삼대』의 덕기네 집처럼, 가장의 자리가 할아버지에서 손자로 건너뛰는 경우가 많다. 정통론正統論이 지배하던 시대, 가부장적인 사회의 왜곡된 풍속도다.

오빠 소생인 조카들에 대한 사랑의 농밀함도 유사했다. 『나목』의 주인공은 산모가 먹을 미역을 직접 마련하면서 조카를 맞이했고, 아이가 배고파하면, 처녀인 자신의 "젖줄이 찌릿찌릿하게 당기는 것"을 느낄 정도로 절실한 모성이 발동하는 고모다.

나도 비슷했다. 심장판막증을 앓던 새언니가 일찍 돌아가시자 나는 조카의 대리모 역할을 했다. 그래서 그 애가 요절한 아픔이 30년이 지나도 가시지 않는다.

어머니의 유형도 비슷하다. 선생님의 집에는 아버지가

안 계시다. 그런데 지모신地母神같이 강인한 어머니가 자녀들의 지적 성장까지 완벽하게 관장한다. 지적이고 의지력이 강한, 흔들림이 없는 거모상巨母像. 그 어머니는 남아 선호사상이 철저하여, 오빠가 요절하자 "쓸 것은 가고 쓸모없는 것만 남았다" 하고 탄식한다. 그건 남동생이 죽었을 때 우리 어머니가 외우던 대사다. 아버지가 생존해 계셨지만 독립운동에 관련되어 집에 오는 것이 금지되었던 우리 집에서도 어머니의 역할은 선생님 댁과 비슷했다. 단성생식을 한 대지의 여신 가이아 같은 어머니들.

그런 공통점은 사회적 측면에서 더 두드러지게 나타난다. 우리는 모두 「황국신민皇國臣民의 서사誓詞」를 배우면서 학교생활을 시작했고, 근로 동원으로 학업을 대신했으며 일제 말기를 허기지게 보냈다.

읽을거리가 없어 활자에 대한 갈증을 느끼며 자란 것도 비슷하다. 국어 교과서를 통하여 문학을 알게 된 것, 세계문학전집을 일본판으로 읽을 수밖에 없었던 것도 선생님과 내가 공유하는 동시대인으로서의 공감대의 원천이다.

해방 직후 그 혼란의 시기에 선생님과 나는 도심에 있는 명문교를 다니는 변두리 주민이었다. 언젠가 전차가 서버려서 지각하던 이야기를 하자 선생님은, "그래서 나는 아예 돈암동에서 수송동까지 걸어다녔다우" 하셨다.

선생님은 또 대학의 같은 과 선배다. 당신은 제대로 다니기도 전에 학업을 접었다고 그 학교 이야기는 꺼내지도 않았지만 그해 국문과에 톱으로 입학하셨다는 말을 들었다.

나이가 비슷하면 아픈 곳도 비슷할 수밖에 없다. 나는 작년 1월에 손목이 부러졌고 선생님은 6월에 다리를 다치셨다. 손목이 부러지자 나는 전에 선생님이 손목을 다치셨을 때 쓴 글을 곱씹으며 살았다. 그중에 엉뚱하게도 "누가 나만큼 알뜰하게 쓰레기를 처리할 수 있겠느냐?" 하는 걱정이 나오는데, 나도 비슷한 것을 느껴서 고소를 금치 못했다.

하지만 아픈 곳이 어찌 몸뿐이겠는가. 선생님과 나는 4·19와 5·16이 1년 사이에 연거푸 일어나던 시기에 어린아이들을 안은 엄마였고, 페퍼포그* 속에서 학창 생활을 보내는 대학생들의 어머니였다.

거기에 또 하나의 공감대가 있다. 시골에서 자란 유년의

* 최루탄발사용 장갑승합차

기억이다. 선생님에게 박적골이 천국이었듯이 나에게도 고향의 옛집은 낙원이었다. 그 시절의 흙냄새를 잊지 못해 노상 손톱 밑에 흙을 묻히고 사는 농경민의 후예들…….

그런 공감대 때문에 선생님의 글을 나는 참 좋아한다. 함께 겪어온 우리 시대의 구석구석을 뒤져서 때마다 새로운 화두를 찾아내는 신기神技를 가진 선생님을 통해 내가 살아온 시대의 모습들을 극명하게 재조명해보며, 내 안의 혼란을 정리할 수 있기 때문이다. 탁월한 동시대인을 가진다는 것은 얼마나 큰 축복인가? 그래서 나는 늘 선생님께 감사하고, 박수를 보낸다.

내가 선생님을 처음 만난 것은 1980년대 초반이었던 것 같다. 남산에 있는 호텔에서 소설가 한말숙 선배가 박 선생과 나에게 점심을 샀다. 아직 시어머니가 생존해 계시던 때라, 그날 선생님은 시모님 목욕시키는 이야기를 했다. 싫다고 떼쓰는 어른의 옷을 벗기는 일도 쉬운 일은 아니지만 옷을 벗기면 살비듬이 우수수 떨어지는 걸 보는 일이 더 힘겹다고…….

그건 내가 모르는 고통이다. 내게는 애초부터 시어머니가 안 계셨다. 그래서 직장에 다니며 혼자 아이들을 기르느라고 엄청나게 고생했다. 하지만 노인을 목욕시켜본 일은 없다. 몸이 약한 나는 아이를 목욕시켜도 몸살이 난다. 그런데 어른을 목욕시켜야 하다니…… 그것도 살비듬이 우수수 떨어지는 메마른 육체를 늘 씻겨야 하다니…… 나는 처음 만난, 내가 좋아하는 작가의 놀라운 인내심을 경외하는 눈으로 바라보았다.

그 무렵이 아마 시모님을 모시던 마지막 기간이 아니었나 싶다. 얼마 있지 않아 박 선생님은 「해산바가지」를 썼다. 그래서 그 작품은 더 감명이 깊었던 것 같다.

맏딸을 낳을 때 시어머니가 만드셨다는 그 해산바가지를 몇 해 전에 선생님이 우리 문학관에 기증하셨다. 해산바가지는 농경시대에 새로 태어나는 생명을 맞기 위해 정성스럽게 준비하는 정갈하고 성스러운 그릇이다. 그래서 누렇게 찌들어가는 완서 선생님의 해산바가지를 나는 계속 전시하고 있다.

지난 6월 선생님이 우리 문학관에 강연하러 오셨다. 비 온다는 예보가 있었는데도 사람들이 아주 많이 와서 선생님의 강연을 감명 깊게 들었다. 그런데 강연이 끝나고 나가시는 선생님의 등에 손을 대니 몸이 검불같이 가볍게 느껴져 가슴이 아팠다. 이미 암이 퍼져 있던 시기였는데 당신도 우리도 모르고 있었던 거다.

그게 마지막 만남이었다. 이제 어디에 가서 다시 이런 작가를 만날까 생각하니 앞이 캄캄하다. 아쉬운 마음에 자료를 뒤져보니 이 편지가 나왔다. 10년 전 내가 처음 문학관을 시작할 때 오셨다가 적어놓고 간 것이다.

# 내게 보일락 말락 한 분

소설가 정연희가
시인 김영태에게

金榮泰 선생님

보내주신 「섬 사이에 섬」 감사 합니다. 신문에서 광고를 보았을때, 혹시나… 했었는데. 쉬흔여섯 중 하나 된 것이 역시 반가웠읍니다. 한마디로 언급을 안하신 일이 좀 서운 하기는 했지만.

내게는 金榮泰詩人이 늘 자로 감추어진 地域처럼 느껴지는 분입니다. 童話의 나라 같던 그 집 대문안 世界로 이따금 가 보고요.

보일락 말락 한다는 것은 반갑게 만드는 일이어서. 내게도 金詩人은 정말 보일락 말락한 분이라는 생각에 무릎을 쳤읍니다.

새해가 다가오고 있읍니다마는 지니고 계신 모든 것이 새롭게 비춰지는 한해가 되시기를 祈願 합니다.

1982. 12.

鄭然喜

김영태 선생님

보내주신 『섬 사이에 섬』 감사합니다. 신문에서 광고를 만났을 때, 혹시나…… 했었는데.

쉰여섯 중 하나 된 것이 역시 반가웠습니다. 한마디도 언급을 안 하신 일이 좀 서운하기도 했지만.

내게는 김영태 시인이 늘 따로 감춰진 지역처럼 느껴지는 분입니다. 동화의 나라 같던 그 집 대문 안 풍경도 이따금 떠오르고요.

보일락 말락 하다는 것은 보고 싶게 만드는 일이어서, 내게도 김 시인은 정말 보일락 말락 한 분이라는 생각에 무릎을 쳤습니다.

새해가 따로 있겠습니까마는 지니고 계신 모든 것이 새롭게 비춰지는 한 해가 되시기를 기원합니다.

1982. 12

정연희

**정연희**

1936년 서울 출생. 이화여자대학교 국문과를 졸업했다. 〈세계일보〉〈경향신문〉 기자, 이화여자대학교 강사를 역임했다. 1957년 〈동아일보〉 신춘문예에 단편소설 「파류상」이 당선되어 문단에 등단했다. 저서로 『양화진』 『내 잔이 넘치나이다』 등이 있다.

**김영태**

1936년 서울 출생. 홍익대학교 서양화과를 졸업했다. 1959년 〈사상계〉로 등단했다. 1965년 첫 시집 『유태인이 사는 마을의 겨울』을 발간했다. 1972년 황동규, 마종기와 함께 낸 3인 연작시집 『평균률』로 현대문학상을 수상했다. 2007년 작고했다. 저서로 『여울목 비오리』 『변주와 상상력』 등이 있다.

정연희 선생이 김 시인의 시집 『섬 사이의 섬』을 받고 쓴 편지다.

"내게는 김영태 시인이 늘 따로 감춰진 지역처럼 느껴지는 분입니다. 동화의 나라 같던 그 집 대문 안 풍경도 이따금 떠오르고요.

보일락 말락 하다는 것은 보고 싶게 만드는 일이어서, 내게도 김 시인은 정말 보일락 말락 한 분이라는 생각에 무릎을 쳤습니다."

사람과 사람 사이의 거리를 '보일락 말락'이라는 말로 표현한 것이 재미있다. 세상에는 정말 그런 거리를 가진 인간관계가 많다. 정 선생의 그 말은 내게도 해당된다. 내게도 김영태 시인은 "보일락 말락 한 분"이었다는 생각에 "무릎을 쳤"다.

자료를 주신다고 해서 어효선 선생님과 함께 점심을 한 것이 김영태 시인과의 첫 만남이었다. 아마 2003년경이었던 것 같다. 그때 김 시인은 다리를 절고 있었다. 남산초등학교 시절 스승이었다는 어 선생님은 그 점을 많이 가슴 아파하셨다. 김 시인은 김 시인대로 어효선 선생님의 팔순잔치 계획을 말씀하셨고…….

그 잔치를 못하고 어 선생님은 돌아가셨고 지금은 김 시인도 아니 계시다.

김영태 시인은 암에 걸려 죽음을 기다리는 마지막 기간을 자료 정리로 보냈다. 기력이 모자라니 한꺼번에 못하고, 석 달에 한 번씩 영인문학관에 자료를 보내왔다. 발신인의 인적사항까지 자세히 적은 스무 통 정도의 편지 뭉치가 택배로 오면…… 마음이 무거워 한참을 눈을 감고 있었다. 암 환자의 마지막 시간들……. 그 통증과 절망의 순간들을 자료를 정리하며 보내는 것을 알았기 때문이다. 그런 작업이 네댓 번 반복되고, 마지막으로 마종기 씨 편지 백여 통을 보내고 나서 김 시인은 이승을 떠났다.

그때는 김 시인의 자료 정리 작업이 그저 가슴 아프기만 했는데, 세월이 지난 후에 생각해보니 그건 마지막 날을 보내는 슬기로운 소견법이었던 것 같다. 그분은 기러기 아빠여서 마지막 날에도 혼자였지만, 자신이 소중히 간직해온 자료를 정리하면서 그 시간을 쓴 것은, 문화인이 할 수 있는 최상의 선택이 아니었을까.

이 편지도 그렇게 해서 영인문학관에 왔다. 정연희 씨의 표현대로 "보일락 말락 한 분"이었던 김영태 시인은, 편지

자료들을 통하여 문학관과 깊이 맺어졌다. 내가 가고 없는 앞날에도 문학관의 편지전展에는 김 선생의 자료가 늘 전시될 것이다.

선생님의 자료 기증이 친분 때문이 아니었다는 사실이 새삼 돋보인다.

# 미국에 오시면 꼭
# 우리 집에 놀러 오세요

음악가 장영주가
평론가 이어령에게

장영주 드림
2967 school house Ln #510
phila, P.A. 19144
U.S.A.

문화부
이 장관님 귀하

문화부 장관님 께

이 장관님 안녕 하셨는지요?
저는 요즈음 학교에서 그동안
밀린 공부 와 야구를 열심히
합니다.
우리는 야구팀이 있어요.
엄마는 손 다친다고 하지말래요.
그렇지만 저는 여름에는 야구
하고 겨울에는 기계체조 하는것
좋아합니다.
여름에는 ASPEN Music Festival
에서 연주할것입니다.

제가 Life Magazine에 나왔어요.
내일은 Television SHOT이 있어요.
제가 지난번 받은 「난파상」은
우리 엄마, 아빠가 참 좋아합니다.
저는 JUILLIARD에 가서 자랑
했어요.
이장관님 미국에 오시면 꼭
우리집에 놀러오세요.
장관님, 건강하시고
매일 매일 HAPPY 하시길
바랍니다.
with love
장영주 드림
Sarah Chang

문화부 장관님께

이 장관님 안녕하셨는지요? 저는 요즈음 학교에서 그동안 밀린 공부와 야구를 열심히 합니다.

우리는 야구팀이 있어요. 엄마는 손 다친다고 하지 말래요. 그렇지만 저는 여름에는 야구하고 겨울에는 기계체조하는 것 좋아합니다.

여름에는 Aspen Music Festival에서 연주할 것입니다.

제가 〈Life〉 Magazine에 나왔어요. 내일은 Television SHOT이 있어요.

제가 지난번 받은 난파상은 우리 엄마, 아빠가 참 좋아합니다. 저는 Juilliard에 가서 자랑했어요.

이 장관님 미국에 오시면 꼭 우리 집에 놀러 오세요.

장관님, 건강하시고 매일매일 HAPPY하시길 바랍니다.

With love.

장영주 드림

**장영주**
1980년 필라델피아 출생. 4세 때부터 바이올린을 배우기 시작했다. 줄리어드에서 수학하며 1990년 주빈 메타가 지휘하는 뉴욕필과 연주하면서 데뷔 무대를 가졌다. 1992년 EMI사에서 첫 음반이 나왔는데, 이는 9세 때 녹음된 음반으로 세계 최연소 레코딩 기록을 가지게 되었다. 이후 세계적인 오케스트라와 협연을 가졌다. 그라모폰 올해의 최연소 연주자상, 독일 에코음반상, 로얄 필하모니 음악협회상 등을 받았다.

**이어령**
1934년 충남 아산 출생. 서울대학교 국문과와 같은 대학원을 졸업했다. 〈문학예술〉에 「현대시의 환위와 한계」「비유법논고」가 추천되어 정식으로 등단했다. 경기고등학교 교사, 단국대학교 전임강사, 이화여자대학교 교수를 지냈으며, 〈문학사상〉 주간과 문화부 장관을 역임했다. 저서로 『흙 속에 저 바람 속에』『젊음의 탄생』『지성에서 영성으로』 등이 있다.

바이올리니스트 장영주 씨는 이어령 선생이 장관이 된 해인 1990년 신년음악회에 초청받은 어린 천재였다. 해외에서 유망주를 발탁해오는 특별 케이스였는데 그 선택은 빛을 보았다. 오늘날 그녀는 세계적인 바이올리니스트가 되어 육대양을 누비는 스타가 되었으니 말이다.

당시 초등학생이었던 장영주 씨는, 그 후 몇 해 동안 장관 할아버지에게 연하장을 보내왔다. 외국에 산 지 오래되었는데 기특하게 한글로 또박또박 쓴 연하장이었다. 거기에는 야구를 하고 싶고 만화도 보고 싶은 아이의 순박한 내면이 그려져 있었다.

이제는 성숙한 여인이 되어 포스터에 나붙은 그녀를 본다. 20년 가까운 세월이 그녀를 계속 상승하게 하는 결실의 시간들이었음이 자랑스럽다.

# 친손들, 그리고 근영도 대하여 기뻤습니다

시조 시인 최승범이
수필가 고임순에게

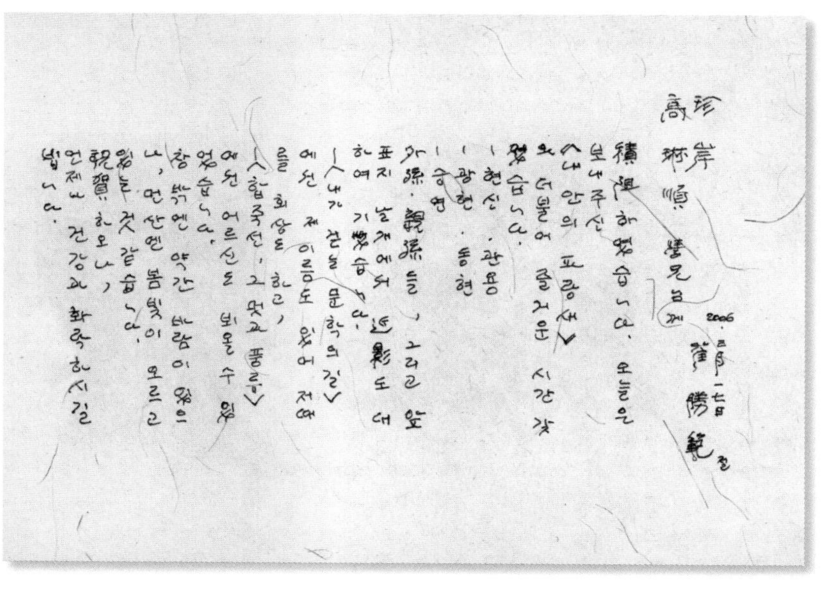

高玲岸 林順 雅兄님께

積阻하였습니다. 오늘은 보내주신 〈내 안의 표랑새〉와 더불어 즐거운 시간 갖었습니다.

- 현신, 관용
- 광현, 동현
- 승연

外孫, 親孫들, 그리고 앞표지 날개에서 近影도 대하여 기뻤습니다.

-〈내가 걷는 문학의 길〉에선 제 이름도 읽어 저때를 회상도 하고, 〈합죽선, 그 멋과 풍류〉에선 어르신도 뵈올 수 있었습니다.

창밖엔 약간 바람이 있으나, 먼 산엔 봄빛이 오르고 있는 것 같습니다.

親賀하오나, 언제나 건강과 화락하시길 빕니다.

2006. 三月 一七日 崔勝範 절

진안珍岸 고임순 학형님께

적조하였습니다.

오늘은 보내주신 『내 안의 파랑새』와 더불어 즐거운 시간 가졌습니다.

– 현신·관용

– 광현·동현

– 승연

외손·친손들, 그리고 앞표지 날개에서 근영도 대하여 기뻤습니다.

「내가 걷는 문학의 길」에선 제 이름도 있어 저 때를 회상도 하고, 「합죽선, 그 멋과 풍류」에선 어르신도 뵈올 수 있었습니다.

창밖엔 약간 바람이 있으나, 먼 산엔 봄빛이 오르고 있는 것 같습니다.

축하하오나, 언제나 건강과 화락하시길 빕니다.

2006년 3월 17일
최승범 절

**최승범**

1931년 전북 남원 출생. 호는 고하. 전북대학교 국문과 교수와 인문과학대 학장을 역임했다. 〈현대문학〉에 시조를 발표해 등단했으며 한국언어문학회장을 지냈다. 정운시조문학상, 한국현대시인상, 가람시조문학상 등을 수상했다. 저서로 『남원의 향기』 『소리, 말할 수 없는 마음을 듣다』 등이 있다.

**고임순**

1932년 전북 전주 출생. 호는 진안. 1976년 〈월간문학〉으로 등단했으며 현대수필문학상, 수필문학대상 등을 수상했다. 저서로 『이 작은 행복』 『낮은 목소리로 오소서』 등이 있다.

최승범 선생님은 언제나 한지로 된 전용 종이에 가는 펜으로 회화적인 예쁜 편지를 쓴다. 편지가 한 폭의 그림 같아 선생님의 편지를 받으면 누구나 기분이 좋아진다. 최 선생님은 정이 많고 섬세한 분이다. 그 다정한 인품이 필체에서부터 드러난다.

고 선생과 최 선생은 동향의 문우이다. 집안끼리도 잘 아는 사이인 것이다. 그래서 수필집을 받고 쓴 편지에 가족 이야기가 많이 나온다. 손자들 이야기부터 친정아버지까지 3대에 걸친 가족이 고루 등장한다.

독자와 작가는 딱 그만한 거리일 때가 좋다. 더 가까우면 너무 잘 알아서 새로운 감동을 느끼기 어렵고, 너무 멀면 공감의 밀도가 낮아진다.

# 마음이 부자인 사람

목아박물관 관장 박찬수가
영인문학관 관장 강인숙에게

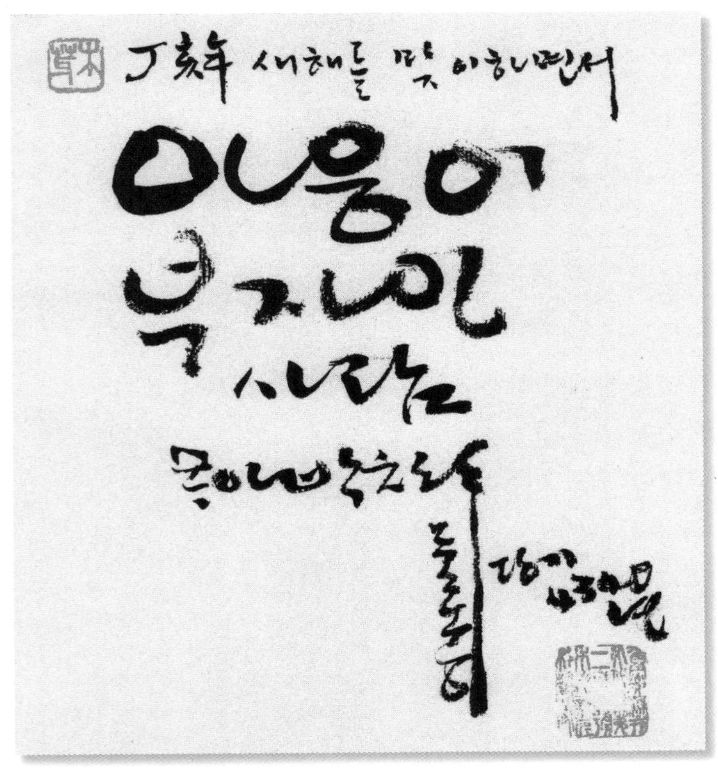

정해년 새해를 맞이하면서

마음이 부자인 사람

단기 4340년*
목아 박찬수
두 손 모음

**박찬수**
1948년 경남 산청 출생. 호는 목아. 1996년 국가 지정 중요문화재 제108호, 목조각장 1호의 기록을 가진 이 시대 불교 목조각 분야 최고 권위자로, 왕성한 작품 활동을 하며 영혼이 담긴 예술 작품을 만들었다. 현재 목아박물관 관장이다.

**강인숙**
1933년 함경남도 갑산 출생. 서울대학교 국문과를 졸업하고 숙명여자대학교 국문과에서 박사학위를 취득했다. 1965년 〈현대문학〉을 통해 평론가로 등단했다. 현재 건국대학교 국문과 명예교수 및 영인문학관 관장으로 재직 중이다. 저서로 『자연주의 문학론』 『일본 모더니즘 소설 연구』 등이 있다.

* 2007년

목아박물관장 박찬수 선생이 동료 관장에게 보낸 연하장이다.

체구가 큰 박 관장님은 선승禪僧 같은 차림을 하고 다닌다. 신부복처럼 발목까지 내려오는 내리닫이 긴 옷을 아주 잘 소화하는 박 관장님……. 유니크하고 선이 굵은 그분의 외양이 글씨체에도 그대로 드러난다.

# 선생님이 보시게 될 것을 기대하는 것이 즐겁습니다

하이쿠 작가 구로다 모모코가
평론가 이어령에게

郵便はがき

李御寧先生

ことしはいよいよ句集をまとめます。十年間の作品、先生にごらん頂けますこと たのしみにしております

黒杏子

抽せん日 1月15日 お年玉のお渡し期間 1月17日—7月18日
くじ番号部分を切り取らずに郵便局へお持ちください。

B2364組 平成6年 お年玉 580475

谷5-23-14
雄・杏子

이어령 선생

금년에는 드디어 하이쿠집을 낼 것 같습니다.

10년간의 작품, 선생님이 보시게 될 것을 기대하는 것이 즐겁습니다.

구로다 모모코

**구로다 모모코**黒田杏子
1944년 동경 출생. 동경여자대학교 재학 시절 야마구치 세이손의 지도를 받아 하이쿠 잡지 〈여름풀〉에 들어갔다. 졸업 후 하쿠호도에 입사. 잡지 〈광고〉 편집장 등을 맡았다. 1970년 야마구치 세이손 문하에 재입문했고 1975년 〈여름풀〉 신인상, 1986년 〈여름풀〉 상 등을 수상했다. 저서로 『일목일초』 『나무의 의자』 등이 있다.

**이어령**
1934년 충남 아산 출생. 서울대학교 국문과와 같은 대학원을 졸업했다. 〈문학예술〉에 「현대시의 환위와 한계」 「비유법논고」가 추천되어 정식으로 등단했다. 경기고등학교 교사, 단국대학교 전임강사, 이화여자대학교 교수를 지냈으며, 〈문학사상〉 주간과 문화부 장관을 역임했다. 저서로 『흙 속에 저 바람 속에』 『젊음의 탄생』 『지성에서 영성으로』 등이 있다.

하이쿠 작가인 구로다 여사는 1980년대에 이어령 선생의 책을 내던 하쿠호도博報堂의 간부사원이었다. 자신도 시를 쓰는 구로다 여사는 이 선생의 열성 팬이어서, 해마다 연하장을 보내온다.

문학을 통한 만남에는 이렇게 국경이 없어 좋다. 나는 이따금 외국의 문인을 혈친처럼 친근하게 느낄 때가 있다. 그것은 생각과 느낌을 공유하는 데서 오는 친족감親族感이다.

2010년 6월 영인문학관이 동경에서 〈선면화전扇面畵展〉을 연 일이 있다. 그때 나는 처음으로 구로다 여사를 만났다. 약간 현대화한 파격적인 기모노를 입은, 뺨이 풍성한 그녀는 감성적인 분위기를 가지고 있었다. 부채에 쓰인 한글로 된 시를 일본말로 번역해드리면서 나는 그분에게 조용한 친근감을 느꼈다. 그건 우리 문학관에 오는 분들에게 느끼는 친근감과 비슷했다.

낯가림이 심한 편인데 처음 본 사람이 낯설지 않은 것은 그 영혼 속에 나와 동질의 것이 들어 있기 때문이다. 이렇듯 공감을 통하여 이루어지는 인연은 타산을 초월하여 편안하다.

# 따뜻한 마음씨에 깊이 감사드립니다

소설가 가와바타 야스나리가
소설가 한무숙에게

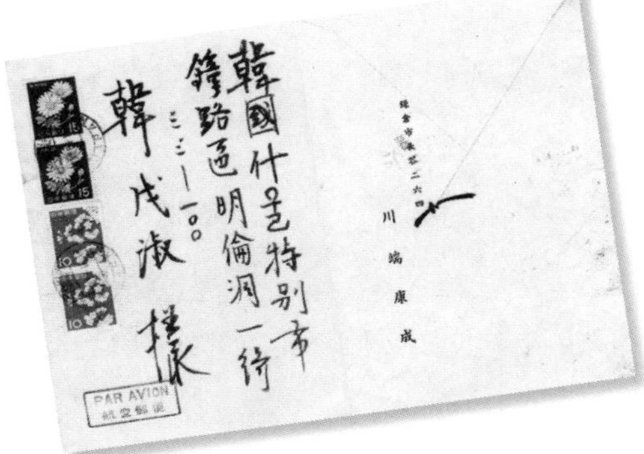
韓國什星特別市
鍾路區明倫洞一街
三三一一〇
韓戊淑 様

鎌倉市長谷二六四
川端康成

PAR AVION
航空郵便

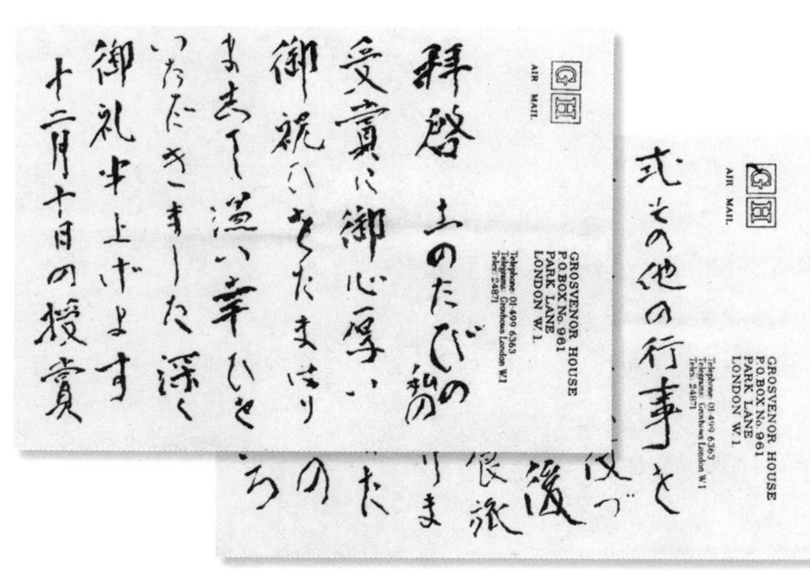
GROSVENOR HOUSE
P.O.BOX No. 961
PARK LANE
LONDON W.1
Telephone: 01 499 6363
Telegrams: Grosvhous London W1
Telex: 24871

AIR MAIL

拝啓 このたびの
受賞に御心厚い
御祝いをいただきまはり
まことに遠い幸ひを
いただきました深く
御礼申上げます
十二月十日の授賞

式その他の行事を

배계拜啓*

이번 저의 수상에 대하여 진심 어린 축하를 해주신 것, 그 따뜻한 마음씨에 깊이 감사드립니다. 12월 10일의 수상식과 그 밖의 행사에 참여하는 일을 마친 후, 지금 유럽에서 휴양 여행을 하고 있습니다. 스톡홀름에서 바쁘다는 핑계로 저지른 여러 가지 결례를 용서하시고, 축하해주신 데 대한 감사의 말도 이제야 하는 것을 두루 용서하십시오. 이만 총총.

내년 봄에 귀국할 예정이어서 연말연시의 인사도 이 편지로 대신하겠습니다.

12월 20일 런던에서
가와바타 야스나리

* 절하고 아뢴다는 뜻으로 편지 첫머리에 쓰는 말

**가와바타 야스나리**川端康成
1899년 일본 오사카 출생. 1920년 도쿄제국대학교 영문과에 입학했으나 곧 국문과로 전과했다. 〈문예시대〉를 창간, 주관적으로 재창조된 새로운 현실 묘사를 시도하는 신감각파 운동을 일으켰다. 1968년 노벨문학상을 수상했으며, 이 외에도 괴테 메달, 프랑스 예술문화훈장, 일본 문화훈장 등을 수상했다. 1972년 작고했다. 저서로 『설국』 『센바즈루』 등이 있다.

**한무숙**
1919년 서울 출생. 호는 향정. 1942년 〈신시대〉로 문단에 등단했다. 1948년 〈국제신보〉 장편소설 모집에 『역사는 흐른다』가 당선되어 본격적인 작품 활동을 시작했다. 자유문학상, 대한민국문학상 대상 등을 수상했다. 미국과 프랑스, 폴란드 등에서 번역 출간되었다. 신사임당상, 대한민국 문화훈장, 대한민국 예술원상 등을 수상했다. 1993년 작고한 이후 한무숙문학상이 제정, 시행되고 있다. 저서로 『빛의 계단』 『감정이 있는 심연』 등이 있다.

한무숙 선생님은 명륜동의 품위 있는 한옥에서 살다 가셨다. 인심이 후해서 화강암 돌담이 아름다운 그 집 사랑채에는 언제나 문인들이 모여들었다. 전후의 어려운 시기를 허덕이며 살던 문인들은 밥이 없으면 그 댁으로 가고 잘 자리가 없어도 명륜동으로 발길을 돌렸다. 1950년대부터 시작된 문객門客 환대는 선생님이 이승을 떠날 때까지 계속되었다. 선생님은 찾아오는 사람들을 모두 품어 안는 큰 가슴을 가진 분이었다.

그 댁 사랑방은 외국 문인들에게 한국문화를 알리는 살롱이기도 했다. 오래된 병풍과 고서화, 격식 있게 놓여 있는 고가구, 깔끔하게 꾸민 정원, 품위 있는 식단 등을 고루 갖춘 한 선생의 한옥에는 한국문화의 정수가 고루 들어 있어, 외국인에게 자랑스럽게 내보일 수 있었다.

그래서 사람들은 유명한 외국 문인이 오면 으레 선생님 댁으로 모시고 갔다. 콘스탄틴 버질 게오르규, 루이제 린저 같은 분들이 방문했을 때, 한 선생이 한복을 곱게 차려입고 차린 만찬은 완벽에 가까웠다.

한 선생님은 국제 펜클럽 관계의 외국 문인들에게도 늘 문호를 열어놓았다. 외국어에 능통하고 박식한 선생님은 좋은 문화사절 역할을 수행했다. 그들에게 한옥과 한국문화의 아름다움을 알리며 문학을 논하고, 깊은 우정을 쌓았다.

가와바타 야스나리도 선생님과 깊은 우정을 나눈 외국 문인 중 하나다. 그가 노벨문학상을 탔을 때 선생님이 정이 담긴 축하를 해드렸고, 거기에 대한 감사의 마음을 전하는 것이 이 편지다. 수상자의 바쁜 일정을 쪼개어 편지를 보낼 만큼 두 분은 가까운 사이였다.

지금은 가와바타 야스나리도, 한 선생님도 모두 다른 세계로 떠나 아니 계시다. 그 빈자리에서 왕년의 정감 어린 편지를 읽으니 감회가 남다르다.

# 문운이 날로 번창하기를

시인 신석정이
시인 이가림에게

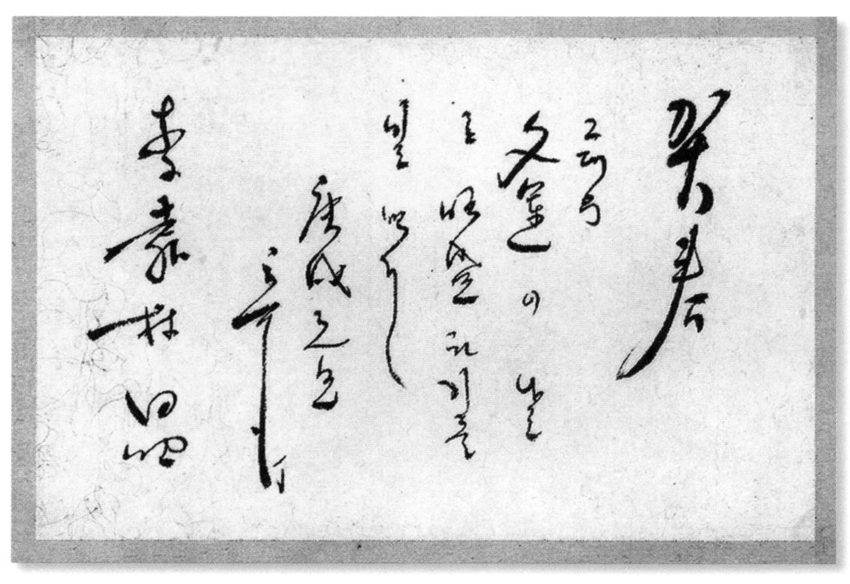

축하합니다.

그대의 문운이 날로 번창하기를 빌면서

경술원단庚戌元旦*
신석정

* 경술년(1970년) 설날 아침

**신석정**
1907년 전북 부안 출생. 1930년 중앙불교전문강원 박한영 문하에서 불전 연구를 했다. 1931년 〈시문학〉에 시 「선물」을 발표하면서 작품 활동을 시작했다. 목가적인 시들로 한국문학상, 문화포상, 한국예술문학상 등을 수상했다. 1974년 작고했다. 저서로 『난초잎에 어둠이 내리면』 『촛불』 등이 있다.

**이가림**
1943년 만주 출생. 성균관대학교 불문과와 같은 대학원을 졸업하고, 프랑스 루앙대학교에서 불문학 박사학위를 받았다. 1966년 〈동아일보〉 신춘문예에 당선되면서 문단에 데뷔. 정지용문학상과 편운문학상 등을 수상했다. 파리 7대학 객원교수를 역임했고, 현재 인하대학교 불문과 명예교수다. 저서로 『빙하기』 『유리창에 이마를 대고』 등이 있다.

봄에 새해의 문운文運을 빌어주는 축하의 글이다. '賀春' '文運' 등의 고아한 말투가 석정 시인의 유니크한 필체로 유려하게 그려져, 가버린 날의 풍류를 되새기게 한다.

붓으로 쓰는 글은 부피에 무게가 주어지는 것이 아니다. 거기에서는 글씨체의 아름다움이 주도권을 가진다. 문인들의 서체는 서예가의 것처럼 전통적 글씨체에 얽매이지 않는다. '자기체'로 쓰면 되는 것이다. 그래서 '박종화체' '김동리체' '박두진체' 등이 생겨난다. 석정 선생도 자기체가 알려진 문인이다. 그 서체로 신년사를 받을 수 있었던 문인들은 복이 많다.

# 오래 적조하였습니다

# 가벼운 마음으로 떠납니다

화가 김향안이
평론가 이어령에게

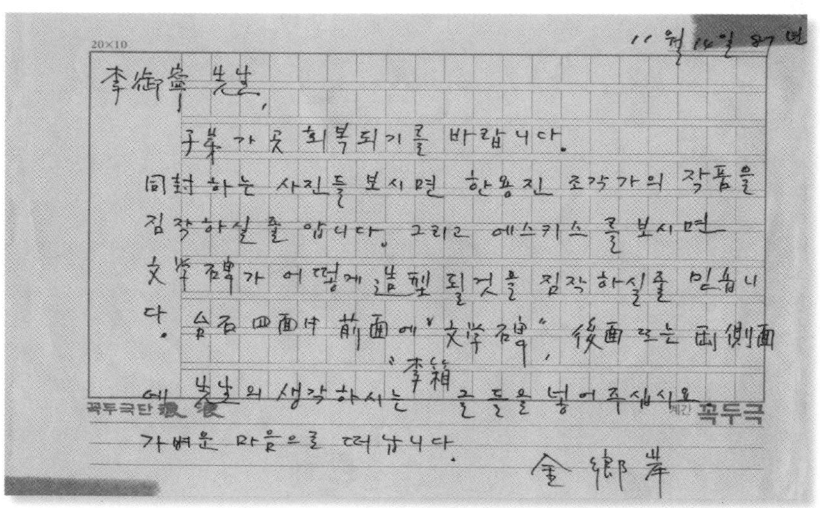

11월 14일 87년

李御寧 先生,

手術가 곳 회복되기를 바랍니다.

同封하는 사진들 보시면 한용진 조각가의 작품을 짐작하실줄 압니다. 그리고 에스키스를 보시면 文學碑가 어떻게 造型될것을 짐작하실줄 믿습니다. 合石 四面中 前面에 "文學碑", 後面 또는 兩側面에 先生의 생각하시는 "李箱" 글들을 넣어주십시요.

가벼운 마음으로 떠납니다.

金鄕岸

이어령 선생

자제가 곧 회복되기를 바랍니다.

동봉하는 사진들 보시면 한용진 조각가의 작품을 짐작하실 줄 압니다. 그리고 에스키스*를 보시면 문학비가 어떻게 조형될 것을 짐작하실 줄 믿습니다. 대석台石 사면四面 중 전면에 '문학비', 후면 또는 양 측면에 선생의 생각하시는 이상李箱 글들을 넣어주십시오.

가벼운 마음으로 떠납니다.

87년 11월 14일
김향안

**김향안**
본명은 변동림. 1916년 서울 출생. 이화여전 영문과를 졸업했다. 1936년 시인이자 소설가인 이상과 결혼하였다. 결혼 3개월 만에 이상이 일본으로 건너가 폐결핵으로 사망한 뒤, 1944년 서양화가 김환기와 재혼했다. 1992년 자비自費로 설립한 환기미술관은 사설 개인 기념미술관으로는 국내 최초다. 2004년 작고했다. 저서로 『사람은 가고 예술은 남다』 『월하의 마음』 등이 있다.

**이어령**
1934년 충남 아산 출생. 서울대학교 국문과와 같은 대학원을 졸업했다. 〈문학예술〉에 「현대시의 환위와 한계」 「비유법논고」가 추천되어 정식으로 등단했다. 경기고등학교 교사, 단국대학교 전임강사, 이화여자대학교 교수를 지냈으며, 〈문학사상〉 주간과 문화부 장관을 역임했다. 저서로 『흙 속에 저 바람 속에』 『젊음의 탄생』 『지성에서 영성으로』 등이 있다.

* esquisse, 밑그림

내가 김향안 여사를 처음 만난 것은 1990년 전후다. 그때 김 여사는 남편인 김환기 화백을 위해 미술관을 짓고 있었다. 그분은 돌아가시는 날까지 환기 선생의 자료 정리를 위해 있는 정력을 다 쏟았다. 건물도 손수 지었고, 자료 정리도 직접 했으며, 전시장의 디스플레이도 자기 손으로 처리했다. 그건 한 남자에게 모든 것을 건 철저하고 아름다운 헌신이었다.

환기 선생과 재혼하기 8년 전(1936년)에, 변동림(후에 김향안으로 개명)은 이상과 결혼했다. 결혼하고 몇 달 만에 이상은 동경으로 떠났다. 당시 이상은 폐에는 병균이 득실거리고 수중에는 돈도 없는 어려운 상황이었지만, 동경을 향하여 마지막 비상을 시도해본 것이다.

덥수룩한 수염에 덮인 창백한 얼굴로 동경 거리에서 방황하던 이상은, 1937년 2월 불령선인不逞鮮人*으로 몰려 감옥에 갇혔다가 동경대학병원에서 숨을 거둔다. 변동림은 동경으로 가서 그의 뼛가루를 안고 돌아와 묻어주고……. 그렇게 그들의 짧은 결혼생활은 끝이 났다.

* 불순한 조선인을 의미하는 말

각혈을 하는 빈털터리 이상과 결혼한 것은, 이화여전을 나온 모던걸 변동림으로서는 큰 모험이었다고 할 수 있다. 변동림은 어쩌면 자기 힘으로 그를 재생하게 하려는 엄청난 내기를 한 건지도 모른다. 하지만 그녀는 아픈 남자를 양육하기 위해 바에 나가 생활비를 벌어야 하는 궁지에 몰린다. 그리고 이상은 아내의 남자관계에 대한 의혹에 갇혀 지옥 같은 나날을 보낸다.

이상은 동경에 가서 정조 관념이 없는 모던걸을 주인공으로 한 소설을 쓴다. 그러면서 거기 나오는 모던걸 '임姙'에 아내의 이미지를 오버랩하는 실수를 저지른다. 그 일은 오만한 여인 변동림에게 치명적인 상처를 주었다. 그녀는 반세기가 지난 마지막 날까지 그에 대한 노여움을 풀지 못했다.

어쩌면 이상은 그저 일본의 모더니스트 류탄지 유龍膽寺雄가 그린 '마코魔子'** 같은 파격적인 모던걸의 한국형을 형상화해보고 싶었던 건지도 모른다. 변동림은 이상이 사귄 첫 모던걸이다. 이상은 그녀를 연모해서 그 앞에서는 입

** 류탄지 유가 1931년 발표한 소설 『마코』의 여주인공. 그녀는 일본 근대문학에 나타난 '새로운 인종'이라 평가받는 파격적인 모던걸이다.

도 뺑긋하지 못할 정도로 경직되었다 한다. 두 사람이 처음 만나던 날, 이상이 씻지 않은 손으로 설탕통의 각설탕을 자꾸 꺼내 새까매지도록 만지작거려서 여급에게 핀잔을 들었다는 일화가 유명하다.

그런데 그녀가 조건 없이 투항해오자 이상은 갑자기 의처증 환자로 변한다. 시골 술집의 작부와 놀 때는 여자의 정조에 대하여 초탈해 보였는데, 자유연애를 모토로 하는 신여성과 만나자 돌변하는 이유가 해명되지 않는다. 상대방에 대한 콤플렉스가 그의 성적 결벽증을 일깨운 것일까? 아니면 잠재해 있던 가부장적 관념이 부활한 것일까? 19세기와 20세기가 동거하는 그의 난해한 이중적 여성관의 연장선상에 이상의 문학세계가 있다.

은장도도 쓰기 나름이라는 말이 생각난다. 환기 선생은 결혼 경력까지 있는 향안 여사를 헌신적인 아내로 업그레이드했는데, 이상은 그녀가 결코 노여움을 풀 수 없는 상처만 주고 갔으니, 남편으로서의 이상은 내가 보기에도 평점이 아주 낮다.

그런데도 이상이 죽은 지 반세기가 지날 무렵, 향안 여사는 이상을 위해 기념비를 세울 생각을 한다. 자기 혼자 힘으로 이상의 문학을 향한 오마주를 돌에 새기기로 결심한 것이다. 그건 이상을 위해 세워진 유일한 모뉘망***이다. 루 살로메처럼 당대 제일의 예술가들의 뮤즈가 된 변동림 그리고 김향안. 역경에 있던 두 예술가의 천재성을 알아보고 헌신의 손을 내밀었던 그녀의 탁월한 감식안에 경의를 표하고 싶다.

이 편지는 김향안 여사가 이어령 선생에게 이상의 문학비碑에 대해 부탁하려고 쓴 것이다. 디자인과 레이아웃에 대한 것까지 직접 챙겼으면서, 그러나 그녀는 문학비 제막식에 나타나지 않았다. 이상에 대한 개인적인 노여움과 그의 문학에 대한 평가를 구분할 줄 알았던 것처럼, 환기의 아내로서의 설 자리도 깔끔하게 지키며 이 일을 마무리한 것이다.

*** monument, 기념비

# 괴로움 호소할 밖에 도리가 없습니다

소설가 박경리가
기자 박경희에게

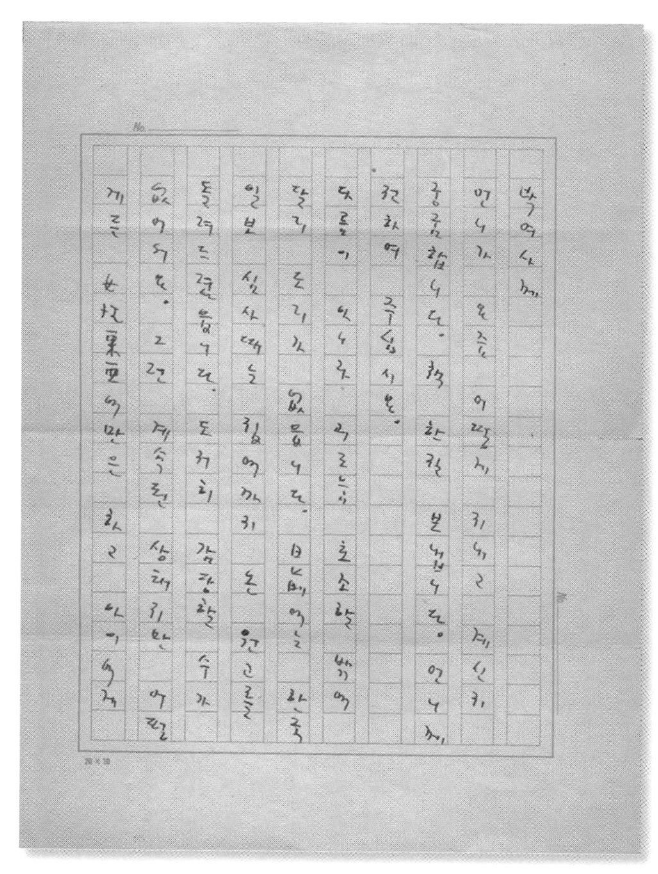

박여사께
언니가 오늘 어떻게 지내고 계신지
궁금합니다. 참 한철 보냈니다. 언니께
전하여 주십시오.
[illegible]이 있나 봐 괴로움 호소할 밖에
달리 도리가 없습니다. 日本에는 한국
일본 식사 때는 김에까지 돈 [illegible]
돌려드[illegible] 없니다. 도저히 감당할 수가
없어서요. 그런 계속된 상태지만 어떻
게든 女性東亞에만은 참고 [illegible]

박 여사께

언니가 요즘 어떻게 지내고 계신지 궁금합니다. 책 한 권 보냅니다. 언니께 전하여주십시오.

다름이 아니라, 괴로움 호소할 밖에 달리 도리가 없습니다. 일전에는 〈한국일보〉 심사 때는 집에까지 온 원고를 돌려드렸습니다. 도저히 감당할 수가 없었습니다.

그런 계속된 상태지만 어떻게든 〈여성동아〉에만은 하고 아이에게 말했습니다만, 이번 연재는 오십 매 쓰고 말았어요. 어젯밤엔 치통 때문에 밤도 꼬박 샜고요. 치료를 받지만 거의 전부가 상하다시피 하고 눈도 어떻게 된 건지 밤낮없이 쑤셔대니 필요한 독서를 한다는 것도 고통을 이기는 경주라고나 할까요.

어젯밤 생각다 생각다 편지 쓰기로 했습니다. 〈여성동아〉에 대한 고마운 마음으론 연재 휴재해서라도까지 생각했지만 쓰는 것보다 보는 것을 더 감당 못하겠어요. 제발 용서하여주십시오. 박 여사도 양해하여주시고 권 부장님께 제발 말씀 잘 전하여주세요.

1973. 7. 18
박경리

**박경리**

1926년 경남 통영 출생. 1955년 단편 「계산」과 1956년 「흑흑백백」이 〈현대문학〉에 추천되어 작가로서의 삶을 시작했다. 1969년부터 25년에 걸쳐 완성한 『토지』는 한국 대하소설의 새로운 장을 연 것으로 평가된다. 현대문학 신인상, 내성문학상, 한국여류문학상, 월탄문학상 등을 수상했다. 2008년 작고했다. 저서로 『파시』 『김약국의 딸들』 『버리고 갈 것만 남아서 참 홀가분하다』 등이 있다.

작가가 잡지사 기자에게 보낸 원고 거절 편지다. "괴로움 호소"하는 일로 그 작업은 시작된다. 치통과 안질이 겹쳐 육체적으로 원고 집필이 불가능한 현실을 알리는 것이다. 그런데 거절하는 어투가 아주 간곡하다. 어떻게든 해주려 노력해봤는데 도저히 감당할 수 없어 생각다 못해 편지를 쓰기로 했다는 사연이다. "제발 용서하여주십시오"라는 말로 거절은 마무리된다.

베스트셀러 작가가 잡지사 기자에게 보낸 원고 거절 편지치고는 어투가 너무 간곡하고 친절하다. 물론 〈여성동아〉라는 매체의 비중이 큰 데 원인이 있었을 것이다. 그리고 청탁한 경희 씨와의 친분도 작용했으리라. 하지만 그보다 더 큰 요인은 박경희 씨가 친구의 동생이라는 사실에 있다.

박경리 선생은 경희 씨의 언니인 수필가 박현서 선생과 친분이 깊다. 그래서 이 편지는 언니의 근황을 물으면서 시작된다. 이 편지에서 박 선생은 언니와 동생에게 동시에 용서를 빌고 있는 셈이다.

우리나라에서는 인간관계가 사업 수행의 중요한 동기가 되는 경우가 많다. 문인들도 마찬가지다. 유명한 작가가 원고를 못 쓰는 일에 용서를 비는 이 글은, 문우들 간 우정의 아름다움을 되새기게 한다. 박경리 선생은 아무에게나 이런 글을 쓸, 고분고분하고 겸손한 작가가 아니기 때문이다.

# 저는 캄캄히 지우고 있습니다

시인 이용악이
소설가 최정희에게

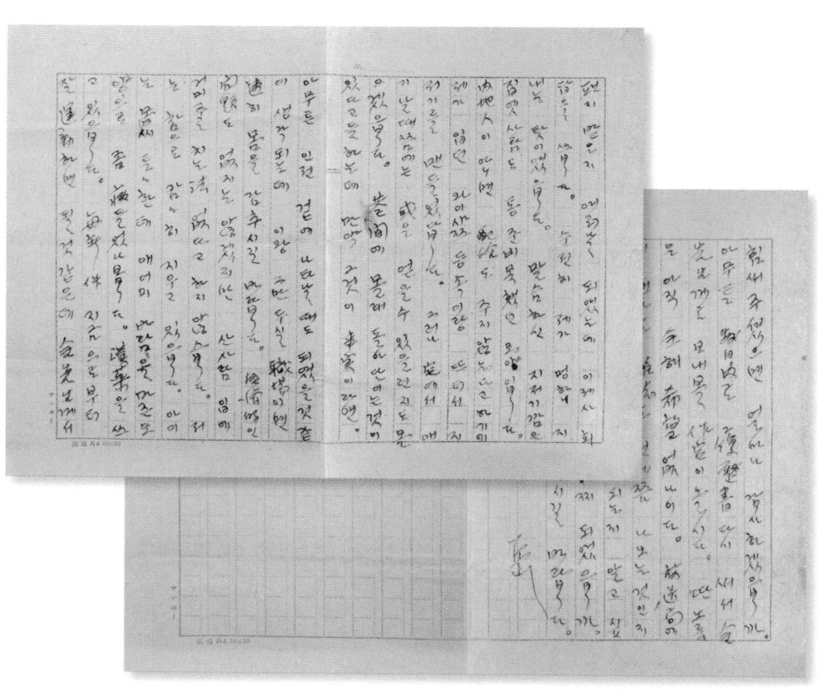

편지 받은 지 여러 날 되었는데 이제사 회답을 씁니다. 순전히 제가 멍하니 지내는 탓이었습니다. 말씀하신 지저기깜*은 집엣사람도 통 준비 못했던 모양입니다. 내지인內地人**이 아니면 배급도 주지 않는다고 하기에 제가 입던 와이샤쯔 등속이랑 뜯어서 지저기를 맨들었답니다. 그러나 댁에서 애기 낳을 때쯤에는 혹은 얻을 수 있을는지도 모르겠습니다. 항간에 몰래 돌아다니는 것이 있다고들 하는데 만약 그것이 사실이라면.

아무튼 인제 겉에 나타날 때도 되었을 것같이 생각되는데 이왕 그만두실 직장이면 속히 몸을 감추시길 바랍니다. 경제적인 문제도 없지는 않겠지만 산 사람 입에 거미줄 치는 법 없다고 하지 않습니다. 저는 참으로 캄캄히 지우고*** 있습니다. 아이는 몹시 튼튼한데 애어미 바람을 맞은 모양으로 좀 병들었나 봅니다. 한약을 쓰고 있습니다.

매신每新**** 건 지금으로부터 잘 운동하면 될 것 같은데 김 선생님*****께서 힘써주셨으면 얼마나 감사하겠습니까.

아무튼 수일 내로 이력서 다시 써서 김 선생께로 보내볼 작정이올시다. 딴노릇은 아직 전혀 희망 없나이다. 방송국

**이용악**

1914년 함경북도 경성 출생. 호는 편파월. 일본 조치대학 신문학과를 졸업하고 귀국해 신문사와 잡지사에 근무하면서 시작 활동을 했다. 1930년대 중반에 등단했고 한국전쟁 때 월북한 뒤 시작 활동에 대해서는 별로 알려진 바 없다. 1971년 작고했다. 대표시로 「오랑캐꽃」이 있으며 저서로 『분수령』 『낡은 집』 등이 있다.

* 기저귓감
** 일본 본토인이란 뜻
*** '지내고'의 오자인 듯하다.
**** 〈매일신보〉를 가리키는 듯하다.
***** 최정희의 남편인 김동환 시인

에서 낸다는 잡지는 언제쯤 나오는 것인지 그리고 저의 원고는 쓰게 되는지 알고 싶습니다. 대동아大東亜****** 는 또 어찌 되었습니까. 자세한 소식을 알려주시길 바랍니다.

8. 30

악岳

**최정희**

1912년 함경남도 단천 출생. 호는 담인. 1930년 일본에서 유치진, 김동원 등과 함께 학생극예술좌에 참가했고, 1931년 〈삼천리〉에 「정당한 스파이」를 발표하면서 작품 활동을 시작했다. 한국여류문학인협회장, 예술원 회원 등을 역임했으며, 서울시문화상, 3·1문화상 등을 수상했다. 1990년 작고했다. 주요 작품으로 「흉가」 「정적일순」 「인간사」 「탑돌이」 등이 있다.

****** 잡지 〈대동아〉를 가리키는 듯하다.

이용악 시인은 고향이 함경북도 경성鏡城이다. 그는 서울에 살다가 6·25 때 북으로 갔다. 하지만 그가 북쪽 체제體制를 선호해서 월북한 것이라고 하기는 어렵다. 그곳이 고향이니까 그냥 귀향한 것이라 보는 것이 타당하다.

그는 자신이 어렵게 살았기 때문에 작품에서 어려운 사람의 아픔을 많이 다루었다. 하지만 그것을 정치적 이데올로기의 도구로 쓰지는 않았다. 그런데도 그는 이념을 선택해 월북한 문인들과 함께 남한에서 잊혀졌다.

그의 자료는 거의 남아 있지 않은 형편인데, 최정희 선생이 몇 점을 간수했다. 피난을 다니면서 문인들의 편지와 사진을 끝까지 들고 다닌 최 여사 덕에 우리가 이용악 시인의 육필을 보게 된 것이다.

이용악 시인은 1930년대 중반에 등단하여 북으로 갈 때까지 4권의 시집을 냈다. 서정주, 오장환과 함께 1930년대 후반을 대표하는 시인 이용악……. 그는 산문은 별로 쓰지 않고 시만 써온 순수한 시인이다.

그런데 이 편지에는 시인은 없고 생활에 쪼들리는 한 남자만 있다. 물자가 귀하다 귀하다 해도 요즘 사람들은 상상도 못할 극한의 시기가 일제 말이었다. “지금은 비상시. 파마넨트(파마)를 하지 맙시다" 하는 노래가 유행했고, 옷감을 아끼라고 순사가 여인들의 저고리 고름을 자르고 다녔다. 운동화 배급이 차례에 안 돌아온 아이들은, 게다를 신거나 맨발로 다녀야 했다.

그런 궁핍은 일본도 마찬가지였다. 전비戰費에 총력을 쏟던 시절이라 모든 생필품이 배급제였다. 그런데 배급에는 '내지인'에게만 제공되는 품목이 많아서 식민지 백성들은 기저귓감도 구하지 못하는 상황이었다.

그런 시기에 아기를 낳게 되는 두 문인의 최대의 관심사는 '지저기'감 구하기였다. 그 다음 문제는 문인들에게 핍박이 올 것이라는 불길한 예감……. "이왕 그만두실 직장이면 속히 몸을 감추시길 바랍니다" 하고 이용악 시인은 최정희 여사에게 진심 어린 권고를 한다.

그러면서 자신의 취직은 부탁한다. 친일을 각오한 부탁이다. 그나마 그 취직이 유일한 탈출구가 되는 것이 그의 현실이었다. "참으로 캄캄히" 지내고 있는 상황……. 갓난 아이가 옆에 있고, 산후에 "바람을 맞은 모양으로" 병이 들어 있는 아내가 있는 한 가장이 벼랑에 서서 "지금으로부터 잘 운동하면 될 것 같은" 신문사 취직을 위해, 최 여사에게 부탁한다. 남편인 김동환 선생의 도움을 얻게 해달라는 간절한 부탁…….

나는 게오르규의 소설 『25시』를 "시인이 쓴 탄원서"라고 말한 일이 있다. 이용악의 이 편지도 그와 비슷하다. 시인이 '지저기' 걱정을 하느라고 시를 쓸 수 없는 시기가 다시는 오지 말기를 빈다.

# 오래 적조하였습니다

시인 김춘수가
시인 김종길에게

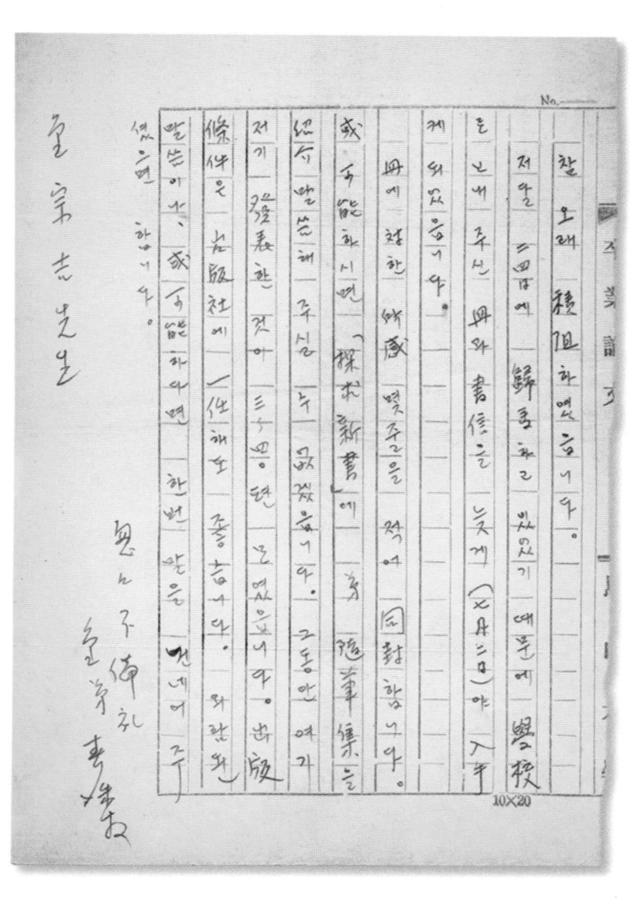

참 오래 積阻하였습니다.
저는 二四日에 歸鄕하고 있었기 때문에 學校로 보내 주신 冊과 書信을 늦게 (五月 三日)야 入手케 되었읍니다.

冊에 對한 所感 몇 줄을 적어 同封합니다.
或 可能하시면 「探求新書」에 拙 隨筆集을 紹介 말씀해 주실 수 없겠읍니까. 그동안 여기저기 發表한 것이 三十 몇 편 모였읍니다. 出版條件은 出版社에 一任해도 좋습니다. 외람된 말씀이나, 或 可能하다면 한번 말을 건네어 주셨으면 합니다.

餘不備禮
金春洙

金宗吉 先生

김종길 선생

참 오래 적조하였습니다.

저달 24일에 귀국하고 있었기 때문에 학교로 보내주신 책과 서신을 늦게(7월 2일)야 입수케 되었습니다.

책에 청한 소감 몇 줄을 적어 동봉합니다.

혹 가능하시면 『탐구신서』에 제 수필집을 소개 말씀해 주실 수 없겠습니까. 그동안 여기저기 발표한 것이 삼사십 편 모였습니다. 출판 조건은 출판사에 일임해도 좋습니다. 외람된 말씀이나 혹 가능하다면 한번 말을 건네어주셨으면 합니다.

총총悤悤 불비례不備禮*

사제舍弟** 김춘수

**김춘수**

1922년 경남 통영 출생. 1945년 유치환, 윤이상, 김상옥 등과 통영문학협회를 결성하면서 본격적인 문학 활동을 시작했다. 마산대학교, 경북대학교, 영남대학교 교수 등으로 재직했다. 문예진흥원 고문, 한국시인협회장, 예술원 회원으로 활동했다. 한국시인협회상, 자유아세아문학상, 대산문학상, 인촌상 등을 받았다. 2004년 작고했다. 저서로 『꽃』 『처용단장』 『달개비꽃』 등이 있다.

**김종길**

1926년 경북 안동 출생. 고려대학교 영문과와 같은 대학원을 졸업하고 영국 셰필드대학교에서 영문학을 전공하였다. 1947년 〈경향신문〉 신춘문예에 시 「문」이 입선해 등단했다. 한국시인협회장과 고려대학교 교수를 역임했고 1978년 목월문학상을 수상했다. 저서로 『성탄제』 『진실과 언어』 『해가 많이 짧아졌다』 등이 있다.

* 예를 다 갖추지 못하였다는 뜻으로, 흔히 한문 투의 편지 끝에 쓰는 말

** 주로 편지글에서, 상대방에게 자기를 낮추어 하는 말

문우들끼리 한 편지다. 우선 외국에 갔다 오느라고 보내준 시집에 대한 감사가 늦어진 사연이 나온다. 그 다음은 시집에 대한 이야기다. 엽서에 간단히 적지 않고 소감을 따로 적어 동봉한 섬세함에 정성이 담겨 있다. 그리고 부탁하는 말이 이어진다. 김춘수 선생은 지방에 살았으니 서울에서 책을 출판하려면 누군가의 도움이 필요했을 것이다.

출판된 책을 보내면 소감을 써 보내고 출판 부탁 같은 것도 스스럼없이 하는, 글쓰기를 업으로 삼는 사람들 사이의 친밀감을 엿볼 수 있는 편지다.

# 섭섭함을 푸시기 바랍니다

시인 서정주가
시인 조화선에게

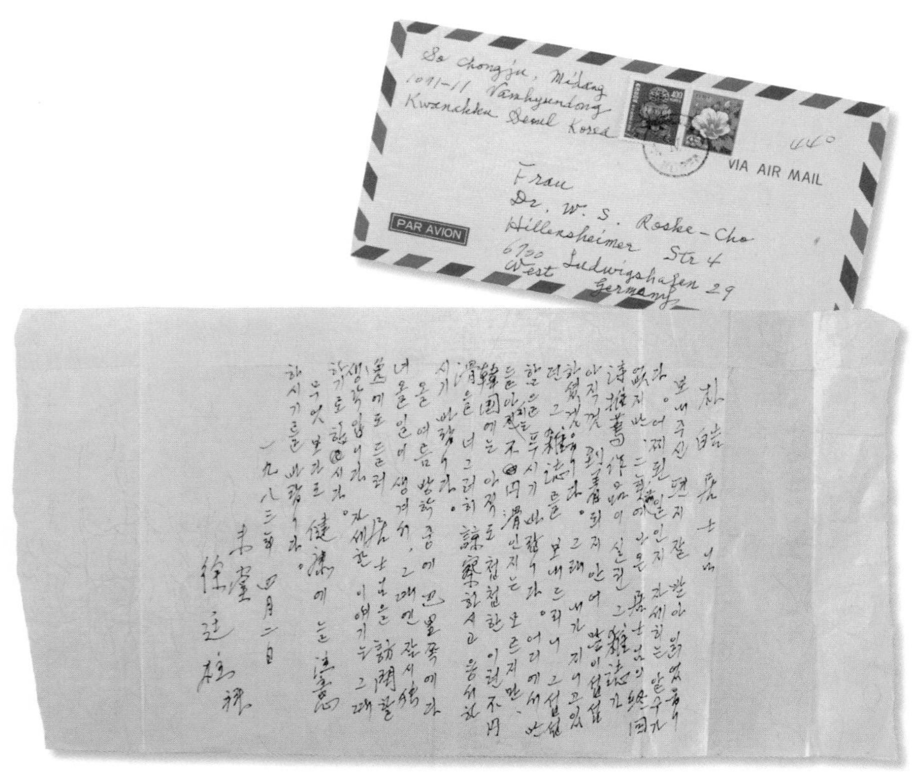
So Chongju, Midang
1071-11 Namhyundong
Kwanakku Seoul Korea
VIA AIR MAIL
PAR AVION
Frau
Dr. W. S. Roske-Cho
Hillersheimer Str 4
6700 Ludwigshafen 29
West Germany
一九八三年 四月 二日
未堂 徐廷柱 拜

박호朴皓 거사居士님

보내주신 편지 잘 받아 읽었습니다. 어찌된 일인지 자세히는 알 수가 없지만 2년 전에 나온 거사님의 종회終回 시 추천 작품이 실린 그 잡지가 아직껏 도착되지 않아 많이 섭섭하셨겠습니다. 그래 내가 지니고 있던 그 잡지를 보내드리니 그 섭섭함을 푸시기 바랍니다. 어디에서 만들어진 불원활不円滑*인지는 모르지만, 한국에는 아직도 첩첩한 이런 불원활을 너그러이 양찰諒察하시고 용서하시기 바랍니다.

올 여름방학 중에 파리巴里 쪽에 다녀올 일이 생겨서, 그때엔 잠시 독일獨逸에도 들러 거사님을 방문할 생각입니다. 자세한 이야기는 그때 하기로 합시다.

무엇보다도 건강에 늘 주의하시기를 바랍니다.

1983년 4월 2일
미당 서정주 배拜

**서정주**

1915년 전북 고창 출생. 호는 미당. 1936년 〈동아일보〉 신춘문예로 등단했다. 김광균, 김달진, 김동인 등과 동인지 〈시인부락〉을 창간했으며 1941년 첫 시집 『화사집』을 출간했다. 2000년 작고했다. 저서로 『귀촉도』 『동천』 등이 있다.

**조화선**

1932년 출생. 1955년 서울대학교 철학과를 졸업했다. 하이델베르크 대학교 교수를 역임했다.

* 원할하지 못함

조화선 씨는 독일에 살고 있는 시인이다. 한국문학을 독일어로 번역하는 일을 계속하고 있으며, 독일을 방문하는 한국 문인들을 성심껏 돕고 있다.

독일의 문인들과도 서신 왕래가 잦았는데, 남은 것이 많지 않다면서 매번 자료를 찾아 들고 귀국한다. 조 선생은 그 편지들이 혹시 분실될까 봐 우선 우편으로 사본을 보낸다. 원본은 귀국할 때 꼭 직접 들고 오는 것이다. 그렇게 가져온 편지가 스무 통 정도 된다.

미당 선생은 조화선 씨를 문단에 데뷔하게 한 스승이고 동향 선배이기도 하다. 그래서 조 선생에게 미당 선생 편지가 여러 통 있다. 그중에는 미당 선생이 노벨상을 타도록 노력했던 독일인 교수에게 보내는 붓으로 쓴 편지의 사본도 있다. 고형곤, 김동욱 같은 학자들의 서신도 있으며 김기창 화백의 편지도 여러 장 있다. 루이제 린저를 위시한 독일 문인들의 편지도 많은데, 번역까지 해준 것은 린저 여사의 편지밖에 없다.

이 편지에서 재미있는 것은 조 선생의 호칭이다. '박호'를 뒤집으면 '호박'이 되는데, '거사'라는 호칭까지 붙여서 여자를 부른다는 건 용기를 필요로 하는 일이다. 거기에 대하여 조 선생은 이렇게 메모를 덧붙였다.

“미당은 멋을 아시는 분이셔서 제가 무명無名이고 싶다고 말씀드렸을 때 무명無名 여사란 이름으로 추천해주셨고, 또 오랜 후에 다시 추천해주셨을 때도 박호朴皓 거사라는 이름을 쓰고 싶다는 저의 뜻을 들어주셨습니다.”

그런 호칭을 원한 사람이나 그렇게 불러달란다고 부르는 사람이나 모두 우러러보인다. 예의범절의 굴레를 벗어나 탈속한 인간관계가 드러나기 때문이다.

조 선생은 최근 전봉건 시인의 시집을 번역했다. 개인적인 친분이 없는데도 그렇게 한 것은, 훌륭한 시인이 사후에 묻혀버리는 데 대한 안타까움 때문이란다. 먼 데 있으면 그런 귀한 자료들이 더 잘 보이는 것일까? 연륜이 쌓이는 데서 오는 원시안 덕분일까?

예술 작품에 대한 정확한 감식안을 가진 실력 있는 재외학자들이 자신이 선정해서 자발적으로 우리 문학을 해외에 소개하는 것은 우리나라의 큰 축복이다. 그분들의 숨은 노고가 우리 문학의 세계화를 이끈다.

# 나는 시를 쓴다

시인 김규동이
시인 최원규에게

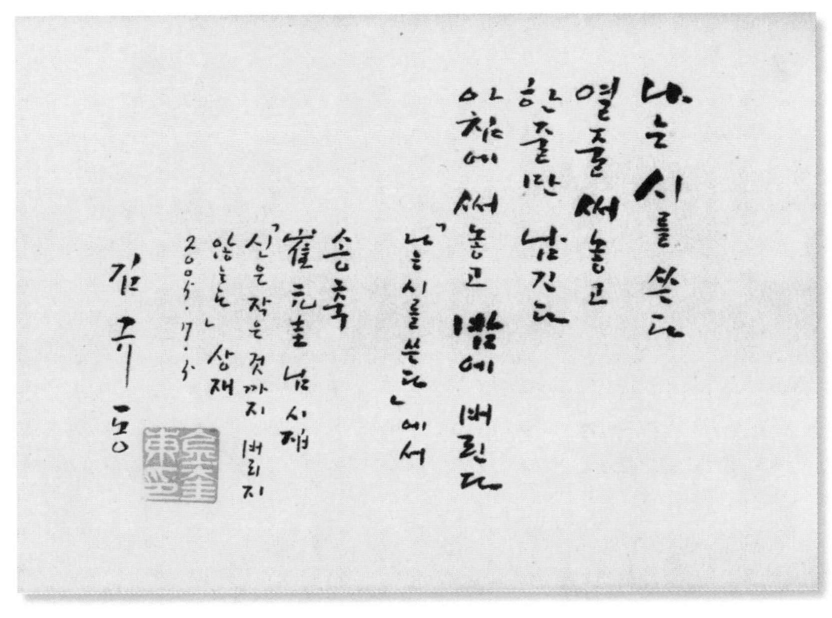
나는 시를 쓴다
열줄 써놓고
한줄만 남긴다
아침에 써놓고 밤에 버린다
「나는 시를 쓴다」에서

송축
崔元圭 님 시재
「신은 작은 것까지 버리지
않는다」 상재
2005. 7. 5

김규동

나는 시를 쓴다
열 줄 써놓고
한 줄만 남긴다
아침에 써놓고 밤에 버린다
—「나는 시를 쓴다」에서

송축
최원규 님 시집 『신은 작은 것까지 버리지 않는다』 상재

2005. 7. 5
김규동

**김규동**
1925년 함경북도 종성 출생. 호는 문곡. 1948년 〈예술조선〉을 통해 등단했다. 1951년 박인환, 김경린 등과 함께 '후반기' 동인으로 활동했으며 민주회복국민회의, 한국민족예술인총연합, 민족문학작가회의에 참여하면서 민족문학 진영을 이끌어왔다. 은관문화훈장, 만해문학상 등을 수상했다. 저서로 『깨끗한 희망』 『시인의 빈 손』 『느릅나무에게』 등이 있다.

**최원규**
1933년 충남 공주에서 태어나 공주사범대학교 국문과를 거쳐 충남대학교 대학원 국문과에서 문학박사 학위를 받았다. 1961년 〈자유문학〉에 「나목」이 당선되어 등단했다. 충남대학교 국문과 교수를 역임하였으며, 충청남도문화상, 현대문학상, 한국펜문학상 등을 수상했다. 저서로 『금채적』 『겨울가곡』 『그리움 떠도는 바람되어』 등이 있다.

상대방의 시집 출판을 송축하는 글인데, 거기 자신의 시를 써넣은 재미있는 형식이다. 시를 시로써 축하하는 일은 시인만이 누릴 수 있는 특권이리라.

# 늦어서 죄송합니다

극작가 김영수가
시인 김억에게

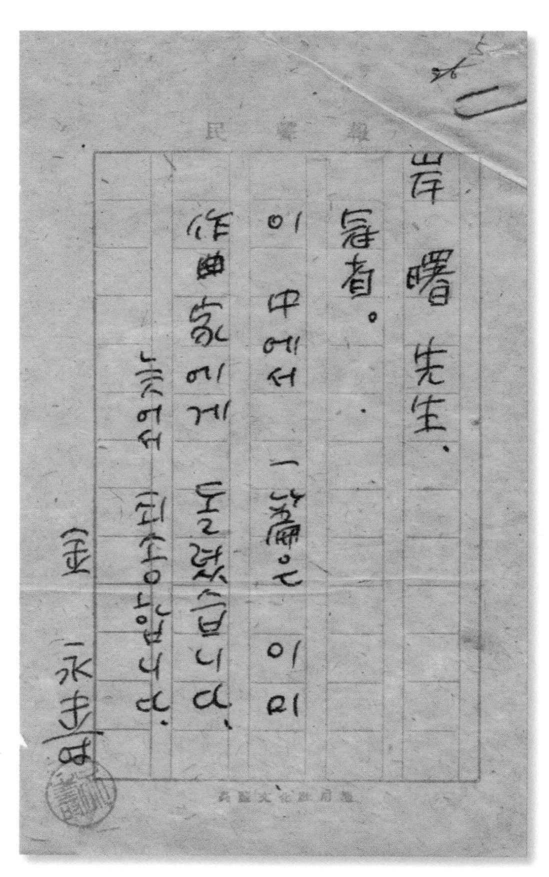

岸曙 先生,
辱者。
이 中에서 一篇은 이미
作曲家에게 돌렸습니다.
늦어서 죄송합니다.
金永壽

안서岸曙 선생

관생冠省.*

이 중에서 1편篇은 이미 작곡가에게 돌렸습니다.
늦어서 죄송합니다.

김영수

**김영수**
1911년 서울 출생. 1934년 〈조선일보〉와 〈동아일보〉에 각각 희곡이 당선되어 극작가로 데뷔. 1939년 〈조선일보〉에 소설이 당선되어 소설도 쓰게 되었다. 광복 후에는 주로 대중소설을 썼다. 1977년 작고했다. 작품으로 「단층」 「화려한 성좌」 등이 있다.

**김억**
1896 평안북도 정주 출생. 호는 안서. 중학교에서 교편을 잡았고 〈동아일보〉와 경성방송국에서도 근무했다. 광복 후에는 출판사에 몸담았다가 한국전쟁 때 납북되었다. 사망 시점은 알 수 없다. 저서로 「해파리의 노래」, 역서로 「꽃다발」 「기탄잘리」 등이 있다.

* 인사말을 생략한다는 뜻으로, 편지나 소개장 따위의 첫머리에 쓰는 말

김영수 선생은 1911년에 나서 1977년에 작고했다. 와세다대학교 영문과에 적을 두고 동경학생예술좌의 창립 동인으로 활약한 선구적 극작가다.

안서 김억 선생은 1896년생…… 그러니까 19세기에 태어난 분이다. 1914년부터 동경에서 〈학지광〉에 시를 발표하기 시작한 시인이고 김소월의 스승이기도 하다.

일본 게이오대학교 영문과에 다니다가 중퇴했다는데, 어학에 비상한 소질이 있었던 것 같다. 1918년 프랑스 상징주의를 한국에 소개하기 시작한 김억 선생은, 1921년 우리나라 최초의 번역시집 『오뇌懊惱의 무도舞蹈』를 출간했다. 한국에 서구문학을 본격적으로 소개한 최초의 전신자轉信者라고 할 수 있다.

그뿐 아니다. 안서 선생은 1920년대에 에스페란토어를 구사했다. 강습서를 출판할 정도의 실력이었다. 〈폐허〉의 동인이었던 선생은 잡지 창간호 표지에 에스페란토어를 배경으로 깔아 멋을 부리기도 했다. 신문학의 선구자 가운데 한 사람인 것이다.

나는 이 두 분을 만난 일이 없다. 내가 대학에 들어가던 해에 김영수 선생은 오키나와에 가서 절필했고, 안서 선생은 6·25 때 납북되었으니, 두 분 다 60년 전에 우리 눈앞에 서 사라진 문인이다.

김영수 선생이 안서 선생에게 보낸 몇 자 안 되는 메모지에 우리가 관심을 가지게 되는 것은, 그분의 육필이 아주 귀하다는 데 있다. 안서 선생 육필은 꽤 되는데, 우리 문학관에는 김영수 선생의 육필이 편지 두 통밖에 없다. 그래서 그분의 육필은 희소가치를 지닌다.

몇 자 되지 않는 글이지만 거기에 그분의 인품이 나타나 있다. 넉넉한 남성적인 필체로 말이다.

# 요섭 형이 빌려보셨다는 책 말입니다

아동문학가 강소천이
아동문학가 어효선에게

魚先生께!
未安하오나 그간 잘 계신 문
본(日本冊) 兒童文學에 對한
것 金要燮 형이 빌려 보셨
는 책 말입니다. 그게 맡
겨두시면 저에게 찾으러 갈 테
니 二三日 좀 빌려 주시기
바랍니다.

四日
姜小泉

어효선 님께!

미안하오나 가지고 계신 문고본(일본책) 아동문학에 대한 것 김요섭 형이 빌려보셨다는 책 말입니다. 거기 맡겨두시면 제가 찾으러 갈 테니 이삼일 좀 빌려주시기 바랍니다.

사일四日 강소천

**강소천**

1915년 함경남도 고원 출생. 호는 사일. 1930년 〈신소년〉에 동요가 실리고 〈조선일보〉 현상 문예에 당선되면서 등단했다. 해방 직후 교편을 잡기도 했다. 1951년 서울로 내려와 많은 동시와 동요, 동화 작품을 발표했다. 〈새벗〉 〈어린이다이제스트〉 주간, 〈아동문학〉 편집위원, 아동문학연구회 회장 등을 역임했다. 1963년 작고했다. 저서로 『호박꽃 초롱』 『꿈을 찍는 사진관』 등이 있다.

**어효선**

1925년 서울 출생. 호는 난정. 교원검정시험에 합격한 뒤 30년 가까이 교편을 잡았다. 1949년 동요 〈어린이의 노래〉와 동시 「봄날」로 문단에 데뷔한 뒤, 1961년 첫 동시집 『비 오는 소리』를 출간했다. 한국동요동인회 회장, 석동문학연구회 회장, 소천아동문학상 운영위원장 등을 지냈다. 소천아동문학상, 옥관문화훈장, 반달동요대상 등을 받았다. 저서로 『종소리』 『다시 쓴 한국전래동화』 등이 있다.

강소천 선생이 어효선 선생에게 책을 빌리는 내용의 편지다. 예전에는 책이 귀했다. 일제 강점기에도 귀했지만 해방 후에도 여전히 귀했다. 1946년에 중학교에 입학한 우리 세대는 집에 있는 책의 리스트를 만들어 학교에 등록했다. 일종의 도서등록제였다. 등록된 책은 차례를 정하여 돌려가며 읽었다. 반 아이들이 모두 읽고 싶어하니 한 사람에게 하루밖에 주어지지 않는다. 중학교 1학년 때 『보물섬』을 빌려왔는데, 다 못 읽어서 그 다음 날 꾀병을 부리고 결석을 한 일도 있다.

6·25가 나던 해 겨울, 피난 행렬이 북에서 줄지어 내려오던 어느 날, 나는 을지로 입구에 못 박혀서 몸을 움직일 수가 없었다. 없어서 못 읽던 귀한 문학서적들이 길바닥에 즐비했기 때문이다. 플로베르 전집이 쌀 한 되 값 정도밖에 하지 않았다. 그날 나는 책을 사겠다고 떼를 쓰다가 어머니한테 심하게 야단을 맞았다.

그런 책 기근은 우리 세대를 활자 중독으로 만들었다. 인쇄된 것은 아무것이나 읽는 버릇이 생긴 것이다. 책 기근은 어른들도 마찬가지였다. GNP 100달러대를 벗어나기 어려웠던 시기에 우리는 어른 아이 할 것 없이 책에 기갈이 들려 있었다. 한국어로 된 문학서적들이 나오기 전이어서 그때 우리가 읽은 책은 대부분 일본 사람들이 버리고 간 헌 책이었다. 전문 분야의 책은 더 구하기가 어려웠다. 신간은 거기에 한 술 더 떴다.

이 편지는 그 시절에 쓰인 것 같다. 강 선생은 아동문학에 대한 책을 빌리려고 열 살 아래인 어효선 씨에게 편지를 쓴다. 김요섭 씨가 빌려 본 걸 알고 하는 부탁이다. 고작해야 문고본인데 그걸 전업 문인들이 돌려가면서 볼 정도로 우리의 책 기근은 심각했다.

책을 빌리려고 편지를 쓰고 책을 빌리려고 그 집까지 찾아가던 시절이 있었다는 게 믿어지지 않을 정도로 지금 한국은 부자가 되었다. 그렇다고 그 시절보다 많이 행복해진 것도 아니다. 가난한 집 아이가 쌀밥의 맛을 훨씬 더 깊이 음미할 수 있듯이, 우리는 그렇게 힘들게 빌려온 책들을 탐욕스럽게 빨아들였다. 빌린 책은 종이로 싸서 읽고 돌려줄 정도로 그 시절에 책들은 대접을 받았다. 모든 결핍에는 다른 차원의 풍요로 통하는 문이 있다.

이 짤막한 메모를 통하여 어효선, 김요섭, 강소천의 아동문학가 그룹이 엮인다. 그들의 우정과 신뢰가 이 작은 쪽지 위에 각인되어 있어 한 시대의 기념사진을 보는 기분이다.

# 전화로 부탁하신 애기 이름

소설가 김동리가
소설가 오상원에게

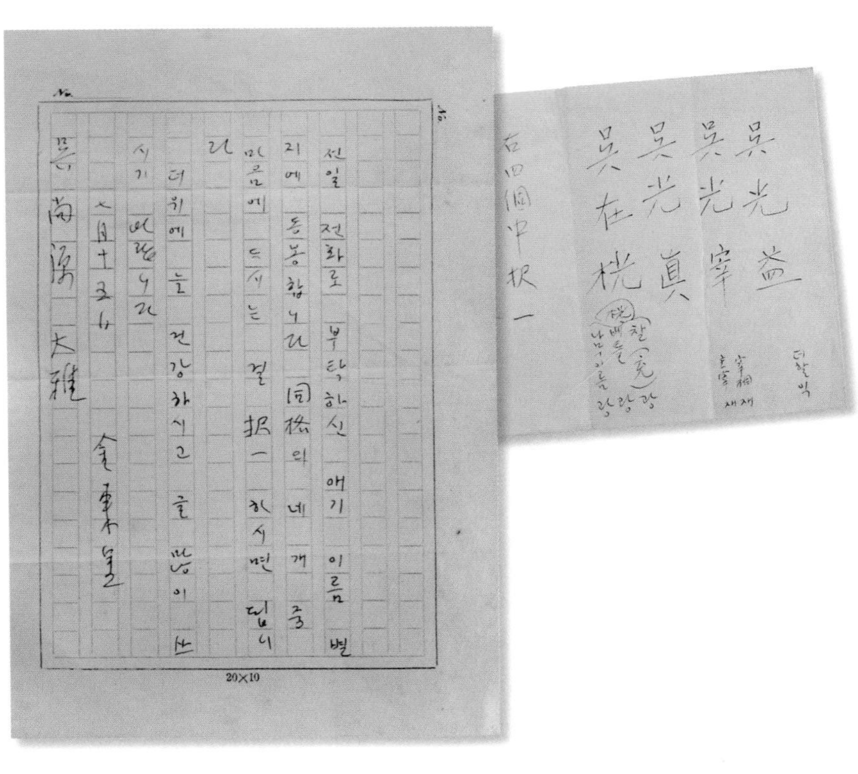

전일 전화로 부탁하신 애기 이름 별리에 동봉합니다 同孫의 네 개 중 마음에 드시는 걸 択一 하시면 됩니다

더위에 늘 건강하시고 글 많이 쓰시기 바랍니다

七月十五日

金東里

吳尙源 大雅

전일 전화로 부탁하신 애기 이름 별지에 동봉합니다. 동격同格의 네 개 중 마음에 드시는 걸 택일択一하시면 됩니다.

더위에 늘 건강하시고 글 많이 쓰시기 바랍니다.

8월 10일 김동리

오상원 대아大雅*

**김동리**

1913년 경북 경주 출생. 광복 직후 민족주의문학 진영에 가담, 우익 민족문학론을 옹호한 대표적인 인물이다. 서라벌예술대학교 교수, 중앙대학 예술대학장 등을 역임했고 예술원상과 3·1문화상 등을 받았다. 1995년 작고했다. 저서로 『무녀도』『역마』『등신불』 등이 있다.

**오상원**

1930년 평안북도 선천 출생. 1953년 신극협의회의 희곡 현상모집에 당선, 1955년 〈한국일보〉 신춘문예 소설 부문에 당선되어 문단에 나왔다. 단편 「모반謀反」으로 동인문학상을 수상했다. 1985년 작고했다. 저서로 『백지의 기록』『임금님의 어금니』 등이 있다.

* 나이가 서로 비슷한 친구나 문인에 대하여 존경한다는 뜻으로, 편지 겉봉 등의 이름 밑에 쓰는 말

김동리 선생님은 후학을 잘 보살피셨다. 집에 오면 맛있는 음식을 해서 융숭하게 대접하고, 일자리도 돌봐주셨다. 그러면서 창작 지도를 아주 열심히 하셨다. 좋은 작품을 써오면 등단을 시켜주고, 아주 좋은 작품에는 상도 주시고……. 동리 선생님 눈에 들어야 상을 받는다는 말이 나올 정도로 선생님은 문단에서 영향력이 크셨다.

그 비결을 알 기회가 있었다. 이어령 선생이 외국에 가서 이상문학상 심사에 내가 간여한 일이 있다. 그때 나는 동리 선생이 추천 작품을 꼼꼼히 다 읽고 오신 것을 보고 깜짝 놀랐다. 그러니 건성으로 읽고 온 심사위원들이 말발이 설 수가 없다.

그 다음은 작품에 대한 감식안이다. 선생님은 작품의 예술성에 관한 문제에는 에누리가 없다. 작품이 좋지 않으면 아무리 친한 사람이라도 가차 없이 떨어뜨렸다. 유재용의 「관계」, 오정희의 「저녁의 게임」같이 선생님이 낙점한 작품들은 틀림이 없었다. 그러니 영향력이 커지는 거다.

선생님은 또 사람을 품는 폭이 아주 넓었다. 당신이 관여하는 서라벌 사단에게만 그러는 것이 아니다. 선생님의 후학 돌보기는 주례를 서는 것, 축사를 해주는 것, 글씨를 써주고 호를 지어주는 것 등 다양한데, 이 편지를 보니 아이의 이름 지어주기까지 들어 있다.

오상원 씨는 당신의 제자도 아닌데 아이의 이름을 지어 편지로 보냈다. 1967년 막내 아이를 낳을 때라는데, 동리 선생은 '광익光益' '광재光宰' '광진光眞' '재광在桄' 네 개를 제시하고 마음대로 고르라고 하셨다. "어느 거나 다 상지상上之上"이라는 말이 메모지에 덧붙어 있다. 오상원 선생은 그중에서 마지막 것을 골랐다는 말을 사모님에게서 들었다.

고양이처럼 혼자 제멋대로 사는 것을 택한 나는, 주변에 사람이 많이 몰리는 인물을 무조건 존경하는 버릇이 있다. 나무가 커야 그늘이 크고, 그늘이 커야 사람들이 쉬러 온다. 그 그늘은 그냥 생겨나는 것이 아니다. 남을 돌보고 베풀고 도와주는 것이 그 비법이다. 하지만 더 필요한 것이 있다. 삶을 보는 안목의 크기와 전공에 대한 능력의 탁월함, 그리고 사랑이다.

# 어디라도 좀 가고 싶던 차에

시인 김남조가
소설가 최정희에게

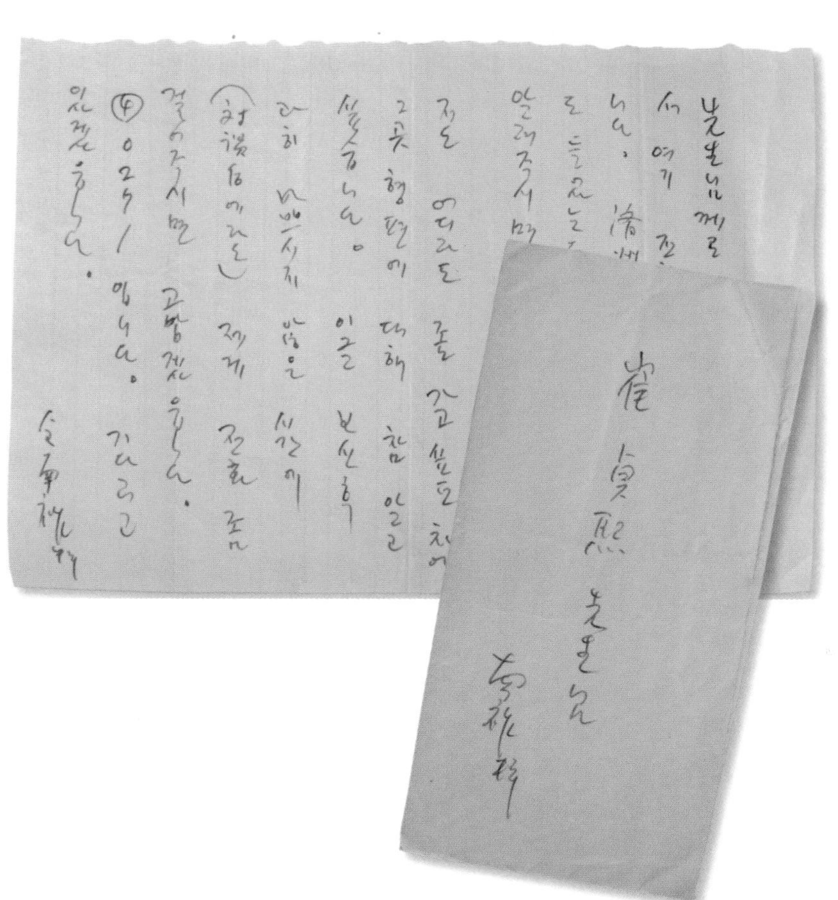

선생님께로 가는 인편이 귀해서 여기 전하여 문안을 올립니다. 제주도에 가신다는 말도 들었는데 여정을 좀 알려주시면 고맙겠습니다.

저도 어디라도 좀 가고 싶던 차에 그곳 형편에 대해 참 알고 싶습니다. 이 글 보신 후 과히 바쁘시지 않은 시간에 (대담 후에라도) 제게 전화 좀 걸어주시면 고맙겠습니다.

④0271입니다. 기다리고 있겠습니다.

김남조 배拜

**김남조**

1927년 경북 대구 출생. 서울대학교 사범대학 국문과를 졸업했다. 1950년 〈연합신문〉에 시를 발표해 등단했다. 숙명여자대학교 교수, 한국시인협회와 한국여성문학인회 회장을 역임했으며, 한국시인협회상, 서울시문화상, 대한민국문화예술상 등을 받았다. 현재 숙명여자대학교 명예교수로 있다. 시집으로 『목숨』 『사랑초서』 『사랑의 말』 등이 있다.

**최정희**

1912년 함경남도 단천 출생. 호는 담인. 1930년 일본에서 유치진, 김동원 등과 함께 학생극예술좌에 참가했고, 1931년 〈삼천리〉에 「정당한 스파이」를 발표하면서 작품 활동을 시작했다. 한국여류문학인협회장, 예술원 회원 등을 역임했으며, 서울시문화상, 3·1문화상 등을 수상했다. 1990년 작고했다. 주요 작품으로 「흉가」 「정적일순」 『인간사』 「탑돌이」 등이 있다.

문안을 편지로 올려야 했던 시절이 있다. 문자 메시지로 시간마다 자신을 알리는 세상에서 보면…… 전설처럼 멀고 그윽한 세계다.

최 선생이 제주도에 가신다는 말을 듣고 남조 시인이 자기도 가고 싶어 일정을 알려달라고 하는 간단한 사연인데, 재미있는 것은 전화번호의 국번이 한 자릿수라는 사실이다.

그런 시절이 있었다. 우리가 펜으로 원고를 쓰던 시절. 연탄가스가 구들의 흙바닥 사이에서 스며 나와 사람을 죽이기도 하던…… 남조 선생님이 8부 길이의 긴 치마한복을 입고 아직 아기에게 젖을 물리던 시절…….

글씨는 또 얼마나 활기가 있는가? 사람이 늙으면 글씨에서도 맥이 빠진다는 사실이 슬프다.

# 빠리는
# 무한히 빠리인 것 같습니다

화가 이우환이
평론가 이어령에게

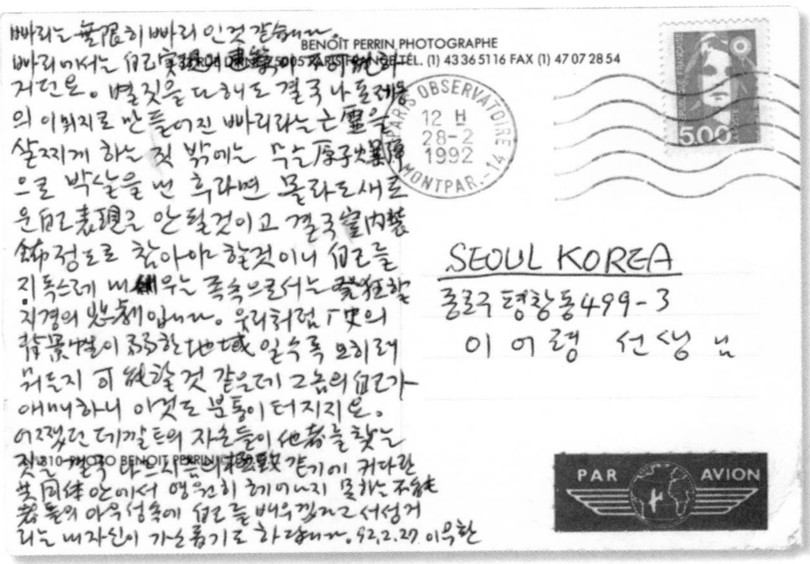

빠리는 無限히 빠리인것 같습니다.
빠리에서는 自己實現의 [illegible] 不可能하
거던요. 별짓을 다해도 결국 나폴레옹
의 이뫼지로 만들어진 빠리라는 亡靈을
살찌게 하는 것 밖에는 [illegible]
으로 박살을 낸 후라면 몰라도 새로
운 自己表現은 안될것이고 결국 室內裝
飾 정도로 찾아야 할것이니 自己를
지독스레 내세우는 족속으로서는 發狂할
지경의 [illegible]입니다. 우리처럼 歷史의
[illegible]이 [illegible]한 地域일수록 오히려
뭐든지 可能할 것 같은데 그놈의 自己가
애매하니 이것도 분통이 터지지요.
이렇던 데까르트의 자손들이 他者를 찾는
것은 결국 [illegible] 같기에 커다란
共同体 안에서 영원히 헤어나지 못하는 不能
者들의 아우성속에 自己를 배우겠다고 서성거
리는 내자신이 가소롭기도 하답니다. 92.2.27 이우환

SEOUL KOREA
종로구 평창동 499-3
이어령 선생님

빠리는 무한히 빠리인 것 같습니다. 빠리에서는 자기실현의 건축이 불가능하거든요. 별짓을 다 해도 결국 나폴레옹의 이미지로 만들어진 빠리라는 망령을 살찌게 하는 짓밖에는 무슨 원자폭탄으로 박살을 낸 후라면 몰라도 새로운 자기표현은 안 될 것이고 결국 실내장식 정도로 참아야 할 것이니 자기自己를 지독스레 내세우는 족속으로서는 발광할 지경의 비극입니다. 우리처럼 역사의 배경성이 약한 지역일수록 오히려 뭐든지 가능할 것 같은데 그놈의 자기가 애매하니 이것도 분통이 터지지요. 어쨌든 데깔트*의 자손들이 타자를 찾는 짓은 결국 나르시시즘의 극치 같기에 커다란 공동체 안에서 영원히 헤어나지 못하는 불능자들의 아우성 속에 자기를 배우겠다고 서성거리는 내 자신이 가소롭기도 하답니다.

92. 2. 27

이우환

* 데카르트

**이우환**

1936년 경남 출생. 1956년 서울대학교 미술대학을 중퇴하고 일본으로 건너가 니혼대학교 문학부 철학과를 졸업했다. 동경 다마미술대학교 교수를 지냈으며, 동양사상으로 미니멀리즘의 한계를 뛰어넘었다고 평가받는다. 일본미술협회 세계문화상 등을 받았다. 주요 작품으로 〈선으로부터〉 〈동풍〉 등이 있고, 저서로 『멈춰 서서』 『시간의 여울』 등이 있다.

**이어령**

1934년 충남 아산 출생. 서울대학교 국문과와 같은 대학원을 졸업했다. 〈문학예술〉에 「현대시의 환위와 한계」 「비유법논고」가 추천되어 정식으로 등단했다. 경기고등학교 교사, 단국대학교 전임강사, 이화여자대학교 교수를 지냈으며, 〈문학사상〉 주간과 문화부 장관을 역임했다. 저서로 『흙 속에 저 바람 속에』 『젊음의 탄생』 『지성에서 영성으로』 등이 있다.

이 편지의 화두는 '전통과 개성'이다. 화가는 나폴레옹이 고정시킨 파리의 이미지 속에서 개개의 인간들이 느낄 답답함을 감지한다. 그 도시의 꽉 짜인 구도를 바꾸려면 원자폭탄 같은 비상수단을 동원해야 할 형편이어서, 파리지앵들은 고작 실내장식이나 바꾸면서 고정된 도시의 외관을 감수해야 한다.

같은 문제가 이집트에서도 발생했다. 고대 이집트 사람들은 기원전 5천 년대에 이미 예술의 양식을 완성해버린다. 사원의 건축양식이나 조각에서 창작의 규범이 고정된 것이다. 그 후 몇천 년을 두고 이집트 예술은 전통의 차꼬*를 끼고 산다. 아크나텐이라는 이상한 파라오를 제외하면, 양식의 개혁을 크게 시도한 사람이 거의 없다. 파리처럼 이집트도 하나의 패턴이 트레이드마크가 되어 그 나라의 개성으로 고착된 것이다.

개성을 지고至高의 가치로 여기는 파리지앵들에게 이것은 "발광할 지경의 비극"이라고 이우환은 생각한다. 그러면서 전통의 위력이 약한 우리나라를 생각하자, 이번에는 자

* 죄수를 가두어둘 때 쓰던 형구形具

아의 허약함에 분통이 터진다. 그들의 개별의식을 배우러 파리에까지 가서 갈등을 느끼고 당황해하는 한 예술가의 모습이 극명하게 드러난다.

하고 싶은 이야기를 모두 글로 써버리는 문인들과는 달리, 화가들이 쓰는 편지에서는 이따금 이렇게 세미나를 열어도 될 만한 차원 높은 화두가 머리를 내민다. 선과 색만으로는 표현되지 않는 부분이 글로 응축되어 나타나기 때문인가 보다.